Am Abgrund
ist die Aussicht schöner

Heike Wulf

Am Abgrund ist die Aussicht schöner

Kurzgeschichten

Brockmeyer Verlag, Bochum 2011

Bibliografische Information der Deutschen Nationalbibliothek
Die Deutsche Nationalbibliothek verzeichnet diese Publikation
in der Deutschen Nationalbibliografie; detaillierte bibliografische Daten sind im Internet über http://dnb.d-nb.de abrufbar

ISBN 978-3-8196-0783-7
WG 112

© 2011 by Universitätsverlag Dr. N. Brockmeyer
Im Haarmannsbusch 112,
D-44797 Bochum
Telefon +49 (0) 234 9791600,
Telefax +49 (0) 234 9791601
universitaetsverlag.brockmeyer@web.de
Online: www.brockmeyer-verlag.de

Gestaltung und Layout: Helmut Granowski

Gesamtherstellung: Druck Thiebes GmbH
Altenhagener Str. 99, 58097 Hagen, Tel. (02331) 808176
www.DruckThiebes.de

Gedruckt auf chlorfrei gebleichtem Papier.

Inhaltsverzeichnis

Dankesworte 7
Vorwort 9

Dajana 11
Alles passend 17
Game over 20
Alles wird gut 24
Gestohlene Stunden 35
Lebenslang 38
Memento mori 42
Single 45
Was sie nicht wollte 48
Ich rieche sein Haar 53
Als Lisa wartete... 56
Der Nachbar 58
Ein Meer aus Rot 60
Für Dich 63
George Clooney 67
Like The Way I Do 70
Das Haus 73
Sabine 82
Spirit 85
Nie wieder 87
Abendbrot 91
Der Kuss 95

Epilog 99
Zur Autorin 102

Dankesworte

Als erstes möchte ich meiner Freundin Katja Schneider danken. Katja hat mich als Autorin von Anfang an unterstützt, so gut wie keine Lesung von mir verpasst, alle meine Geschichten gelesen und manches mal - sogar auch auf der Südtribüne - mit mir darüber diskutiert. Danke Katja, ohne dich wäre mein Leben um so vieles ärmer!

Danken möchte ich auch meiner Schwester Petra Kreutzer für ihre uneingeschränkte Liebe. Auch macht es mich glücklich zu wissen, dass du stolz auf mich bist.

Ein großer Dank gilt meinem Lebenspartner Stefan Poppinga, der so oft - wie auch gerade – alleine im Wohnzimmer ist, während ich an meinem Laptop im Arbeitszimmer schreibe. Danke auch, dass du mich stets unterstützt, zu Lesungen mitkommst, den Büchertisch machst und auch sonst für mich da bist.

Mein Dank gilt auch den Damen von UndPunkt: Eva Encke, Ursula Posse-Kleimann, Susanne Posse, Silvana Richter und Isolde Schroeder. Dank Undpunkt habe ich mich literarisch weiter entwickeln können und auch einige Texte aus dem Buch sind für unsere außergewöhnlichen UndPunkt-Lesungen entstanden.

Ein ganz besonderen Dank möchte ich noch meiner persönlichen Lektorin und Bloody Marys Sister Sabine Ludwigs aussprechen, die fast allen meinen Texten den letzten Schliff gegeben hat und auch mit Kritik nie hinterm Berg hielt. Texte sind immer nur so gut, wie das Lektorat, das dahinter steht. Ich danke dir, Sabine!

Natürlich danke ich auch Herrn Brockmeyer für das Vertrauen, das er in mich gesetzt hat.

Heike Wulf

Vorwort

Flüchtige Begegnungen, ein harmloser Start in den Winterurlaub, begehrliche Blicke. Alltagssituationen, dem Leben entlehnt und dennoch so viel anders.

Heike Wulf schafft Sprachminiaturen mit scharfer Konturierung. Sie hinterfragt und leuchtet die Abgründe der menschlichen Seele aus. Sie tut es chirurgisch präzise und mit einer atemberaubenden Dramaturgie. Fast beiläufig rührt sie an Tabus, lakonisch und punktgenau.

Ihre Geschichten – ein Stakkato aus Einfällen und Wendungen. Kein Wort ist verschwendet. Der Leser taucht ein, wird vom Sog der Geschichte gepackt und wieder ausgespien, noch verwirrt von tiefschwarzen Gedanken und Mordlust, die das zarte Gespinst der Erzählkomposition durchtränken.

Atem holen, erst einmal Atem holen, bevor man sich der nächsten Überschrift nähert.

Mit Heike Wulfs Erzählband begibt man sich in das Reich des Außergewöhnlichen, denn eines muss man wissen: Heike Wulf mordet einfach schrecklich gerne – und sie tut es meisterlich.

Achim Albrecht
Autor

Dajana

Scheiße, ist das tief!
Wie bin ich nur auf die bescheuerte Idee gekommen, hier runter zu springen, um dann zermatscht auf dem Bahnhofsvorplatz zu landen zwischen der ganzen Taubenscheiße.

* * *

Dajana nimmt noch einen Schluck des billigen Rotweins.
Die Aussicht hier am Abgrund ist schön. Überall die erleuchteten Fenster und all die Sterne, die zum Greifen nah scheinen.
Letztens - an einem Sonntag - hatte sie das Planetarium besucht. Das Thema des Vortrags war: „Großer Bär und gefiederte Schlange". Es war echt cool mit diesen ganzen Sternenbildern.
Welche erkennt sie heute noch wieder? Sie legt sich hin, stopft ihre Tasche unter den Kopf und schaut in den Himmel. Sie findet den kleinen Wagen und den großen. Das weiß sie noch, der ist im Bären.

Sie macht ihren MP3 Player an und genießt die Musik und die Wärme. Es ist Sommer, es ist mild. Nur hier oben geht ein kühler Wind. Eine Brise, die sie spüren lässt, dass sie lebt, und dass ein Teil von ihr weiter leben will. Trotz allem.
Der andere Teil aber verlangt: „Spring! Nun spring endlich, dein Leben hat keinen Wert. Niemand will dich. Du bist ein Nichts. Eine Hure, die ihren Körper verkauft und Schwänze lutscht."

Sie denkt an ihre Flucht zurück in die vermeintliche Heimat Rumänien. Der verächtliche Blick des Vaters, als sie ins Zimmer tritt. Seine Antwort auf ihr Flehen, bleiben zu dürfen, weil sie krank sei.
„Hau ab! Geh mir aus den Augen. Du bist eine Schande."

Widerstand gegen den Vater hatte es früher nie gegeben. Aber diese Welt gab es nicht mehr und sie schrie ihn an: „Du warst es doch, der mich nach Deutschland geschickt hat. Du hast mich an deinen Bruder verschachert. Für euch hab ich das verdammte Geld verdient."

Statt einer Antwort bekam Dajana die Faust zu spüren: Zuerst ins Gesicht, dann in den Magen. Danach hatte er das Zimmer verlassen. Ihre Mutter stand mit auf den Boden gerichtetem Blick in der Ecke.

„Mama", hatte sie gesagt. Aber ihre Mutter schaute weiter auf den Boden. Ganz so, als existiere sie nicht.

Und da wusste sie: Hier bekam sie keine Hilfe.

Niemand würde sie in den Arm nehmen und trösten.

Ihr Vater war mit ihrem Bruder zurückgekommen, ihrem kleinen Bruder Doran, um den sie sich immer gekümmert und den sie seit Jahren nicht mehr gesehen hatte.

Sie wollte ihn umarmen, aber ihr Vater stieß sie weg.

„Bring sie dahin, wo sie hingehört!"

Doran zögerte nicht einen Moment und zerrte sie zum Wagen. Schubste sie hinein, setzte sich selbst und startete den Motor.

„Bitte, Doran. Bitte, hilf mir! Ich will nicht zurück. Ich kann das nicht mehr."

Aber er hatte sie angesehen, als wäre sie ein verwestes Stück Fleisch und kein Wort war über seine Lippen gekommen.

Da schwieg auch sie.

Er hatte seine Anlage laut gedreht und die ganze Zeit Madonna-CDs gehört. Sie hasste Madonna. Sie hasste ihren Bruder, ihren Vater, ihre Mutter.

Sie wusste nicht, wer von ihnen drei ihr am meisten wehgetan hatte. Auf halber Strecke nach Deutschland übernahm ihr Onkel sie. Genau wie damals.

Wenn sie daran zurück dachte...

Wie glücklich sie zuerst gewesen war, wie sehr sie sich darauf gefreut hatte nach Deutschland zu kommen. Sie war 14 Jahre alt, wollte sich chic anziehen und in die Disko gehen, vielleicht einen netten deutschen Mann kennen lernen, heiraten, die Familie nachholen. Ach, was hatte sie sich damals alles ausgemalt.

Angekommen in Deutschland sperrte ihr Onkel sie in ein Zimmer und ließ die Männer rein. Einen nach dem anderen. Einen nach dem anderen. Als sie nicht aufhörte zu schreien, flöste er ihr Drogen ein, die sie benommen machten und wehrlos. Sie bekam etwas Essen ins Zimmer gestellt, wusch sich an dem kleinen Waschbecken, und wenn sie zur Toilette musste, ging ihr Onkel mit.

Immer, wenn ihm danach war, vergewaltigte auch er sie. In die Disko kam sie nie.

So vergingen Monate und Jahre.

Irgendwann hatte sie sich mit allem abgefunden. Später schickte der Onkel sie auf den Straßenstrich. Einmal war sie abgehauen, untergetaucht bei einer befreundeten Nutte.

Aber ihr Onkel fand sie schnell, schlug sie zusammen und drohte ihr, sie umzubringen, wenn sie das noch mal versuchen würde. Damals hatte sie noch Angst.

Heute nicht mehr. Sie steht auf und geht wieder zur Dachkante des Hochhauses. Sieht hinunter. Aber nein. Nicht so! Nicht so ...

Sie öffnet die schwere Metalltür, nimmt noch einen Schluck aus der Weinflasche und geht wieder hinunter.

Dann wird sie von der Großstadt verschluckt. Viele Menschen sind noch am Bahnhof. Rennen in alle möglichen Richtungen. Haben Ziele.

Sie geht in die Nordstadt. In eine Kneipe. Jeder kennt sie hier.

„Hi. Lang nicht gesehen. Warst wohl zu beschäftigt?" Dreckiges Männerlachen macht die Runde.

Mit einem Bier in der Hand geht sie vor die Tür, setzt sich auf die Mauer vor dem Fenster. Jemand setzt sich zu ihr. „Na, Süße. Heut schon was vor?"

„Verpiss dich!"

Später kommt er noch mal wieder.

„Haste Scheiße im Ohr? Hau ab."

Sie geht rein und kauft ein zweites Bier. Als sie raus kommt, ist er weg.

Wie würde es weiter gehen?

Es gab kein Weiter.

Krank war sie nichts wert. Mit Präser wollte doch keiner. Obwohl: Man sah sie ja nicht, diese Scheiße in ihrem Blut.

Nach etlichen Fieberanfällen, ständigem Durchfall und Hautausschlägen hatte ihr Onkel sie endlich zu einer Ärztin gebracht.

„Aids im akuten Stadium. Aber das muss kein Todesurteil sein", hatte sie gesagt. Kein Todesurteil. Was sonst? Sie hatte es doch bei Alicia mitgekriegt. Die Schmerzen, die Angst. Am Ende der ausgemergelte Körper, die Übelkeit und der Durchfall.

Was soll sie machen, wenn sie ihren Körper nicht mehr anbieten kann? Wahrscheinlich würde ihr Onkel sie umbringen und verscharren, wenn er davon erführe. Sie würde ihm nichts sagen. Murmelte immer was von Allergie und Magen-Darm, wenn er fragte.

Sie will es selbst beenden.

Aber wie? Wie soll sie es anstellen? Vor einen Zug?

Nein. Das schaffte sie nicht. Mit einem Messer? Sie konnte kein Blut sehen.

Tabletten! Tabletten hörten sich gut an. Keine Schmerzen, kein Blut. Vielleicht gibt es noch einen guten Kick vorher. Sie kichert unsinnig. Der Typ von vorhin kommt wieder. Setzt sich erneut neben sie. „Was du denkst über, dich mit Tabletten umbringen?"

„Bloß nicht! Ein Kumpel von mir hat es versucht und ist gefunden worden und jetzt inner Klapse. Auf immer und ewig."

„Was du meinst? Wie am besten?"

„Schwierig."

Dajana nickt.

„Hochhaus", schlägt er vor.

Sie wirft ihm einen verächtlichen Blick zu. „Und dann du liegst matschig zwischen Taubenschiss? Nee!"

„Stimmt!", sagt er und fügt sichtlich stolz hinzu: „Vergiften! Was hältst du von vergiften?"

„Sehr gut! Man muss nur wissen, was wirkt. Ich frage Leute! Vergiften! Gute Idee! Darauf wir trinken! Ich hole Bier."

Sie geht hinein, bestellt zwei Bier. Läuft schnell zur Toilette, löst ihren dichten schwarzen Zopf, schaut sich in die tiefbraunen Augen, zwinkert sich zu!

Dann zieht sie ihren Lippenstift nach und geht mit zwei Bier in der Hand wieder raus.

Sie hält ihm eins hin.

„Warum willst du das wissen? Willste dich umbringen?" fragt er jetzt.

„Du nicht fragen."

„Ok, na ja dann Prost. Auf das Vergiften."

Nach dem fünften Bier kommt Schnaps. Danach ziehen beide durch die Nordstadtkneipen. Fast wie Freunde. Oder Verliebte. Sie lachen, unterhalten sich. Halten Händchen.

Als sie die letzte Kneipe nach Stunden verlassen, ist es schon länger hell. Die ersten gehen zur Arbeit, zur Schule oder Einkaufen.

Es ist ein schöner Morgen. Dajana hat für einen Moment vergessen, wer sie ist und was sie macht. Was war und was morgen sein wird.

Er lacht sie an und legt den Arm um sie. Sie lehnt sich an ihn, schließt die Augen und genießt den Augenblick.

„Sollen wir zu mir?"

Unsicher sieht sie zu ihm hoch.

„Zier dich nicht! Ich weiß, du bist ′ne Nutte, aber vielleicht machst du es auch mal so?"

Sie starrt ihn an. Kann nicht glauben, was sie gerade gehört hat. Reißt sich aus seinen Armen los und rennt weg. Rennt und rennt, bis sie außer Atem ist und nicht mehr kann. Und schließlich heult sie.

Sie entdeckt einen Kiosk. Klingelt.
Lkws brausen hinter ihr her.
„Was darf´s sein?"
„Korn."
Neben ihr stehen zwei Mädchen. Chic angezogen, gestylt und von einer Wolke Parfüm umgeben.

Sie mustern Dajana von oben bis unten. Stecken ihre Köpfe zusammen und kichern.

Dann fragt die eine: „Was ziehst du heute Abend in der Disko an?"

„Ich hab gedacht, das grüne Teil, das ich mir gestern gekauft habe."

Dajana bezahlt und dreht sich um, die beiden Mädchen stehen im Weg. Sie stößt sie zur Seite.

„Hey, was soll das?", keift die Blonde.

„Scheiß-Blondie, halt´s Maul," schreit Dajana und schubst sie gegen die Scheibe.

„Scheiß-Schlampe", brüllt diese jetzt, geht auf Dajana zu und stößt sie mit beiden Händen.

Dajana strauchelt.
Sieht aus den Augenwinkeln einen LKW näher kommen.
Und lässt sich endlich fallen.

Alles passend!

Zufrieden sah sie sich um: alles passte wunderbar zusammen und fügte sich gut ein in ihr kleines weißes Zimmer.

Die rote Plastikvase mit der orangen Gerbera von Ikea war ein schöner Farbklecks in dem hellen Raum.

Sie sah in den verblassten Spiegel: ‚Kämmen würde jetzt Wunder wirken,' dachte sie.

Früher, ja da hatte sie richtig gut ausgesehen. Aber das war schon lange her. Viel zu lange. ‚Alles ist Ok, alles nicht so schlimm. Du hast das mitgemacht, was bereits vielen Frauen vor dir passiert ist, was vielen Frauen gerade passiert und was vielen noch passieren wird, ohne dass sie es wissen oder nur ahnen', versuchte sie sich zu beruhigen.

Nein, jede ahnte etwas. Bei den wenigsten passiert es einfach nur so. Jedes Ende hat seine Geschichte. Kleinigkeiten, die sich anhäuften zu großen Türmen, die man nicht mehr herunter kam, weil ihnen die Treppen fehlten. Als Kind fragt man sich nicht, wie Rapunzel in den Turm gekommen war, aus dem sie nun partout nicht wieder hinaus konnte. Als Erwachsene schon.

War man drin gefangen, half nur eins: Augen zu und ab hinunter. Wenn man Glück hatte, stand da unten ein neuer Prinz und man landete weich.

Wenn man weniger Glück hatte, gab es einen schweren Aufprall mit Verletzungen, die kein Arzt so schnell heilen konnte. Es kam auch vor, dass man gar nicht ankam und aus der Wirklichkeit verschwand.

Sie war schwer gefallen, kein Prinz hatte sie aufgefangen, niemand den Sturz gedämpft.

Sie drehte wieder an ihrer Ikeavase.

Er hatte den Einkauf bei Ikea immer gehasst: So groß, so viele Leute, diese langen Gänge, die schlechte Luft. „Du kaufst da immer so viele Dinge, die du gar nicht brauchst", hatte er immer geschimpft.

Dabei brauchte sie es jedes Mal, unbedingt! Genau in dem Moment, in dem sie es sah.

Diese tolle Farben - diese Harmonie: Tisch passend zum Teppich - Gardinen zum Sofa - Besteck passend zum Geschirr.

Tischdecke passend zu den Haaren.

Er hatte kein Verständnis dafür gehabt. Und sie kein Verständnis dafür, dass er es nicht hatte.

Ständig meckerte er: „Alles steht hier voll. Nur so ein unnützer Scheißkram." Sie ging nur noch alleine zu Ikea, genoss das himmlische Gefühl in jeder Abteilung herum zu stöbern, so lange sie wollte und nahm ihn nur noch mit, wenn es etwas Schweres zu tragen gab.

Sie dachte an ihren letzten Einkauf und lächelte.

Begeistert hatte sie ihm die vier orangefarbenen Tischsets gezeigt. Auf der rechten Seite befand sich eine kleine Tasche je für Messer und Gabel.

„Sieh doch Karl-Georg, wie praktisch die sind. Und sie passen so gut zu den Gardinen in der Küche. Die anderen waren doch schon alt und haben dir sowieso nie gefallen."

„Die anderen…", er hatte dabei tief Luft geholt „…die anderen waren kein Jahr alt. Und diese gefallen mir genauso wenig. Sie sind hässlich, hässlich, hässlich. So wie du!"

Ehe Nicole reagieren konnte, hatte er ihr die Sets aus der Hand gerissen, war zum Balkon gerannt und hatte sie in hohem Bogen hinaus in den Garten geworfen.

Nicole hatte ihm hinterhergesehen, unfähig etwas zu sagen. Sie folgte ihm und sah noch, wie der Hund der Nachbarin bereits auf den orangefarbenen Tischsets herum trampelte. Draußen war es matschig und die leuchtende orangene Farbe verschwand zusehends.

Doch Nicoles Gesicht hatte wieder Farbe angenommen.

Sie hatte die Parabel direkt vor Augen: Die Tischsets, auf denen herum getrampelt wurde. Genau wie auf ihr. Das war sie, die da lag. Und Karl-Georg trampelte auf ihr herum. Er ignorierte sie und das, was sie wollte.

All ihre Wut richtete sich nun auf ihn. Sie war ein paar Schritte zurück gegangen, hatte Anlauf genommen und war mit Schwung nach vorne gerannt.

Er hatte sie amüsiert angelächelt, aber nicht lange. Im Fallen stieß er einen langen schrillen Schrei aus. Sie sah vom Balkon hinunter und dachte: ‚Gut sieht er aus zwischen den orangenen Tischsets. Das blassgelbe Hemd passt farblich einwandfrei.'

Sie drehte wieder an der Vase, stand auf und schaute zur verschlossenen Tür.

Nur noch drei Jahre im Knast, dann konnte sie endlich ihre neue Wohnung komplett mit Billy und Co. einrichten!

Welch ein unbeschreibliches Glück …

Game over

Ob er wohl wach wird? Mist, was mach ich nur, wenn er wach wird? Hätte ich doch nur nicht die Rundschau gelesen.

Hier in der Notaufnahme liegt sie auch. Irgendjemand hat sie wohl vergessen. Sie liegt da und ich kann gar nicht weg sehen. Am besten ich schmeiße sie in den Müll. Nicht, dass einer vom Personal sie noch sieht und auf komische Gedanken kommt.

Ich muss es aber noch mal sehen. Ach, hätte ich das vorher gewusst, ich hätte sie nicht aufgeschlagen. Aber, das ist ja unlogisch. Ich denke nur noch unlogisch. Das muss an den Beruhigungstabletten liegen, die ich genommen habe.

Die Ärztin war ja `ne ganz Nette.

„Das wird schon.", hat sie zu mir gesagt. Wenn die wüsste. Wie sollte alles werden, jetzt nachdem…?

Da vorne der Mann ist total nervös. Vielleicht hat er aber nur Angst, so wie ich.

Ob man es mir anmerkt? Ach, was sollen die merken? Nur meine Angst, aber den Grund, den kennen sie ja nicht. Mein Verhalten ist völlig normal.

Simon hat sich auch ganz normal verhalten. Als wenn nichts gewesen wäre. Er kam spät nach Hause, aber das passiert schon mal an so einem Tag: Der BVB hat zu Hause gegen Schalke 4:1 gewonnen. Ein glatter Sieg, fast eine Demontage. Barrios hat zwei Tore geschossen, eins Lewandowski und eins Kagawa. Ich hab es im Radio gehört und bereits gewusst, dass es später werden wird. Er hat dann auch gegen sechs angerufen und Bescheid gesagt. Als er dann gegen 23 Uhr kam, war er ziemlich betrunken und erzählte, wie schön es gewesen sei. Wenn ich doch hätte mitkommen können und bald würden wir alle zusammen, ich und unser Baby und er ins Stadion gehen, sobald das Kleine alt genug wäre. „Und dann meld ich ihn beim BVB an, als Mitglied und später bei der Eintracht. Er geht auf jeden Fall Fußballspielen. Das ist klar, Corinna. Und der erste Strampler wird schwarz/gelb. Ach, ich kauf' gleich zwei davon oder drei." Völlig euphorisch war er gewesen. Und dann hat er mich ganz lieb angesehen, ist in die Knie gegangen und hat unserem Kind etwas zugeflüstert, das ich nicht verstand.

Ich fragte noch nach dem Spiel und er stellte einige Szenen direkt im Wohnzimmer nach. „Also der Weidenfeller, ein Paradebeispiel für einen Torwart, das wird unser neuer Nationaltorwart. Der Neuer ist weg, nach diesem Spiel. Da bin ich sicher. Also da kommt der Huntelaar, umspielt Hummels, der war heute nicht ganz so gut drauf, als nächstes spielt er Subotic aus und wir dachten schon alle: Jetzt ist er drin! Jetzt ist er drin und dann Schuss! Dabei flog unser Kissen in das Bücherregal und ich lachte laut. Simon ließ sich nicht irritieren.

"Und Weidenfeller, super sag ich dir, einfach nur super. Hält. Ohne nachzudenken, pure Reaktion, zack, hat er den Ball. Ein Aufatmen auf der Südtribüne. Das musst du doch hier noch gehört haben, Schatz. Und dann die Tore von Barrios, zweimal hat Lewandowski vorgelegt, ein Tor hat er selbst geschossen. Er ist der Held des Tages. Gut, dass der Kloppo ihn wieder rein genommen hat, das hat er sich auch verdient. Ach Schatz, das war ein super Spiel. Wird Zeit, dass du wieder mitkannst."

Ich stimmte ihm zu und sagte ihm, wie ich die Südtribüne vermisste und die Leute, die ich nur da treffe und dass wir den Kleinen, sobald er soweit ist, zur Oma bringen, damit ich mal wieder mitkommen kann.

Anschließend saßen wir noch gemütlich auf dem Sofa.

Er hat mich mit einer Decke zugedeckt und wir haben ein bisschen gekuschelt. Richtig schön war es. Er hat meinen Bauch gestreichelt und mir gesagt, wie sehr er mich liebt und wie glücklich er ist.

Das war vorgestern.

Heute ist Montag.
Heute ist alles anders.

Heute Morgen bin ich zum Frisör gegangen und dort lag sie, die Rundschau. Ich habe sie aufgeschlagen. Ganz normal, wie immer und dann auf der zweiten Seite hab ich es gesehen: Das Foto. Der Rombergpark, die Allee, Sonne und in der Mitte: Simon und seine Arbeitskollegin Louise, verliebt aneinander geschmiegt. Sie küssen sich gerade. Darunter stand: „Die erste Frühlingssonne lockte am Samstagnachmittag in die Dortmunder Grünanlagen. Nicht nur in der prächtigen Lindenallee genossen Liebespaare …"

Stopp! Halt! Falsch! Die sind kein Liebespaar, das Liebespaar heißt Corinna und Simon, das sind wir: Simon und ich, verheiratet seit zwei Jahren, ich im achten 8 Monat, kennen gelernt vor drei Jahren. Wir sofort verliebt. Die große Liebe, für immer, heiraten und ich bin sein ein und alles und er liebt mich, ich liebe ihn, wir bekommen noch mindestens zwei Kinder, wir wissen schon, wie sie heißen, auf welche Schule sie gehen werden. Unsere gemeinsame Zukunft ist unabänderlich geplant.

Ich habe die Zeitung sorgfältig zusammen gefaltet und bin dann gegangen. Als er dann von der Arbeit nach Hause kam, bin ich erst mal ganz ruhig geblieben. Nur unser Baby hat wohl gemerkt, dass etwas nicht stimmte und hat kräftig gegen meinen Bauch geboxt. Ich hatte mir vorgenommen, ganz ruhig zu bleiben, alles durchzudiskutieren, alles logisch zu betrachten. Vielleicht ist ja nichts gewesen, vielleicht haben sie das Foto nur für den Fotographen gemacht. Aber warum war er dann überhaupt im Rombergpark und nicht im Stadion?

Vielleicht war es vor dem Spiel gewesen? Ich wollte ihn das alles fragen. Warum ich dann, als er sich wegdrehte, die Marmorskulptur auf seinen Schädel krachen ließ, ich weiß es nicht.

Ich weiß es einfach nicht. Er ist umgefallen und hat mich ganz ungläubig angeschaut. Ich habe noch gewartet. Ich weiß nicht warum. Irgendwann aber dachte ich, ich muss Hilfe holen, sonst fällt es auf. Simon hatte die Augen geschlossen.

Vielleicht wollte er mich nicht mehr sehen.

Die Skulptur befreite ich vorsichtshalber von meinen Fingerabdrücken.

Dem Notarzt sagte ich, die Skulptur hätte auf dem Regal gestanden und Simon hätte etwas unten aus dem Regal ziehen wollen und das hätte gehakt und er hätte weiter fest gezogen und das Regal hätte gewackelt und mit ihm die Figur und dann wäre sie plötzlich runter gefallen und direkt auf seinen Kopf geknallt. Ich hätte in der Tür gestanden und noch „Vorsicht" gerufen, aber alles wäre so schnell gegangen und …
dann hab ich geheult …
Ich war sehr glaubwürdig, ich bin eine schwangere Frau.
Ob er wieder wach wird? Dann komme ich ins Gefängnis. Das Kind kommt bestimmt ins Heim oder, noch schlimmer, zu ihm und Louise, dieser alten Schlampe. Er darf nicht wach werden! Und was, wenn doch?
Ob ich ihm unauffällig ein Kissen auf's Gesicht drücken kann? Sie müssen mich zu ihm lassen. Ich bin seine Frau.

Bitte, bitte stirb, Simon!

Alles wird gut

Sie blickt in die Runde und lacht unbewusst mit. Wer hat den Witz gemacht?

Alle schauen Dirk an. Ja, Dirk ist stets lustig. Weiß immer eine Geschichte zu erzählen und sie pointenreich auszuschmücken. Vor fünfhundert Jahren wäre er vermutlich Geschichtenerzähler gewesen oder Barde. Eine schöne Stimme hat er außerdem. Paula sieht ihn von der Seite an, ganz losgelöst von dem Trubel, der um sie herum herrscht. Sie ist glücklich, ihm begegnet zu sein.

Dabei hatte er sie entdeckt. Das betont er oft. Auf dem Wochenmarkt. Fast jeden Samstag war sie dort einkaufen gegangen. Allerdings bei seinem Konkurrenten. Dirk hatte sie schon lange beobachtet, wie er ihr später erzählte und jedes Mal gehofft, dass sie auch mal zu ihm käme. Irgendwann hatte er nicht mehr warten wollen und war, als er sie kommen sah, hinter seinem Blumenstand hervorgetreten. Er hatte ihr einen wunderschönen, bunten Sommerblumenstrauß in die Hand gedrückt und gefragt, ob sie mit ihm Essen gehen wolle.

Paula war total sprachlos gewesen und wusste nicht, wie sie reagieren sollte. Ganz abgesehen davon, dass ihr blumenschenkende Männer von jeher suspekt waren. Aber sie hatte „Ja" gesagt. Seiner Augen wegen.

Dirk nimmt zärtlich ihre Hand. Am Tisch ist es ruhig. Hat sie etwas verpasst?

„Na, du Träumerin. Wo bist du denn wieder?"

„Äh, ja also. Hab' ich etwas Wichtiges nicht mitbekommen?"

Alle lachen. Bettina, die neben ihr sitzt, knufft ihr aufrüttelnd in die Seite. Simon, ihr Gegenüber, kneift nachsichtig ein Auge zu. Paula kommt sich blöd vor.

Monika, die Tratschtante der Clique, beugt sich vor: „Dirk hat uns von euren Heiratsabsichten erzählt. Super. Toll. Ich freue mich so für euch."

Monika steht auf und hält ihr Bierglas in die Mitte: „Auf Dirk und Paula!"

Alle stehen auf, nur Dirk und sie bleiben sitzen. Paula hat das Gefühl, dass eine Eisschicht über ihr Gesicht zieht. Wie kann er nur? Er hat versprochen, ihre Antwort abzuwarten. Sie ist noch nicht soweit.

Sie blickt durch alle hindurch, sieht zur Theke und wendet die Augen wieder ab. Dann sieht sie noch mal hin. Das kann doch nicht wahr sein! Ihre Augen verengen sich zu Schlitzen, ihr Puls beschleunigt sich, ihr Herz pocht so schnell, dass es sich fast überschlägt. Wie in der Achterbahn, denkt sie. Wie in der Achterbahn. Dann steht sie auf, schiebt Dirk an die Seite, nimmt das Bierglas von Marion, schlägt es am Tisch kaputt und geht hinüber zur Theke. Sie tippt ihm auf die Schulter. Er lacht laut, bevor er sich umdreht. Er lächelt auch noch als das Glas seinen Hals trifft und das Blut herausströmt. Nur ein kleiner Augenblick, ein kleines Aufblitzen in seinen Augen, gibt ihr die Gewissheit, die sie braucht.

Sie will noch mal zustoßen, aber jemand hält ihre Hand fest. Sie lässt das Glas fallen, die Reste zerschellen am Boden.

Er versucht mit einer Hand den Blutschwall, der aus seinem Hals fließt, zu stoppen, aber es gelingt ihm nicht. Er gleitet zu Boden und bleibt bewegungslos liegen.

Paula blickt zum Tisch. Sieht ihre Freunde an. Monika hält ihre Hände vor's Gesicht und murmelt leise vor sich hin, Bettina lehnt ihren Kopf an Svens Schulter und schaut starr in Paulas Augen. Simon blickt wie gelähmt auf das Opfer, schüttelt unentwegt den Kopf.

Und Dirk? Dirk starrt sie an. Die Augen weit aufgerissen, den Mund zu einem Schrei geöffnet, der nicht kommen will, die Arme zum Halt auf den Tisch gestützt.

Es ist ganz still. Keiner sagt etwas. Die Musik ist jetzt deutlich zu hören. Es läuft Bob Marley: „Three little birds" und es passt so gar nicht in die Stimmung. Paula sieht Dirk an. Ausdruckslos. In ihr ist nichts mehr. Alles ist leer. Es ist, als läge ein dicker Wollschal um ihr Gehirn. Nichts kann mehr durchdringen. Plötzlich ruft irgendjemand nach der Polizei und endlich lösen sich alle aus ihrer Erstarrung.

Jeder redet auf jeden ein. Jeder hat es gesehen und muss darüber reden.

Nur sie, Paula, steht immer noch wie gelähmt an der Theke. Dann spürt sie, ganz langsam, wie eine Woge über ihr zusammenschlägt.

* * *

„Wissen Sie, warum sie es getan haben könnte?"
„Ich habe keine Ahnung."
„Kennen Sie den Mann?"
„Ich habe ihn nie zuvor gesehen."
„Wie lange kennen Sie Frau Baumheinrich schon?"
„Jetzt gut zwei Jahre. Wir wollen im Frühjahr heiraten."
„Na, daraus wird wohl nichts mehr."

Dirk steht abrupt auf, dabei kippt sein Stuhl um. Er macht keine Anstalten, ihn aufzuheben und geht zum Fenster. Es ist noch Nacht. Außer seinem Spiegelbild, das sich verzerrt im Glas spiegelt, kann er nichts erkennen.

„Hören Sie, Herr Kommissar, ich kann es mir überhaupt nicht erklären. Ich weiß nicht, was mit ihr los war. Sie war kurz vorher etwas abwesend. Aber das ist sie öfter. Dann ist sie total in Gedanken versunken und bekommt nichts mit. Sonst war sie wie immer. Wir hatten einen lustigen Abend, haben viel gelacht und auch einiges getrunken. Bis auf Paula. Sie trinkt nie viel."

Die Tür öffnet sich und ein Beamter bittet den Kommissar heraus. Dirk nimmt den Stuhl hoch und setzt sich verkehrt herum darauf.

Konnte es jetzt nicht „Klick" machen und alles war nie passiert? Er würde jetzt mit Paula im Bett liegen, eng umschlungen. Morgen würden sie zusammen frühstücken.

War sie sauer gewesen, dass er von der Hochzeit erzählt hatte, obwohl sie ihn gebeten hatte, ihr noch Zeit zu lassen? Bringt man deswegen wildfremde Männer um? Wohl nicht. Nicht in seiner Welt.

In welcher Welt lebt Paula? Wenn er es sich recht überlegt, weiß er nur wenig von ihr. Sie hat keine Eltern mehr, keine Geschwister, keine Freunde. Nein, das stimmte nicht, es gab Claudia, die ab und an mal anrief. Die einzig verbliebene Freundin aus ihrer alten Heimat Bremen. Paula hatte ihm, als sie sich kennen gelernt hatten, erzählt, dass sie erst seit gut einem Jahr in Kassel wohnt. Sie sei aus beruflichen Gründen hierhin gezogen.

Wer war dieser Mann, den sie umgebracht hatte? Oder war er nur ein Zufallsopfer? Hatte er sie vielleicht nur an etwas erinnert? Aber an was? Sein Nacken schmerzt, sein Kopf fühlt sich dumpf und unbrauchbar an. Er hat zu viele Fragen ohne Antworten.

Und Paula konnte er nicht fragen, selbst wenn er zu ihr gelassen worden wäre. Der Kommissar hatte gesagt, sie wäre im Moment nicht ansprechbar: „Sie sitzt in einer Ecke, wippt vor und zurück und spricht immer was von einer Achterbahnfahrt."

Die Tür öffnet sich und der Kommissar kommt wieder herein. „Wir haben den Namen des Mannes. Er heißt Jochen Lewitzki und kommt aus Berlin. Wissen Sie, ob ihre Verlobte ihn kennt und ob sie irgendwelche Kontakte nach Berlin hat?"

„Berlin? Nicht, dass ich wüsste. Sie kommt eigentlich aus Bremen. Den Namen Jochen oder Lewitzki hat sie nie erwähnt."

Als er die Stufen des Präsidiums hinunter geht, fängt es an zu regnen. Er zieht den Kragen hoch, steckt seine Hände in die Hosentaschen und geht Richtung Taxistand.

Zuhause angekommen legt er sich erschöpft und trotzdem hellwach auf's Bett. Was wird die Polizei herausfinden? Wie kann er helfen? Es muss mit Paulas Vergangenheit zusammenhängen. Claudia. Er muss Claudia anrufen. Wo hat Paula ihr Notizbuch? Im Küchenschrank wird er fündig.

Es dauert lange bis Claudia ans Telefon geht: „Wer immer du bist, du musst einen guten Grund haben, mich um diese Zeit an einem Sonntag aus dem Bett zu holen."

Dirk sieht auf die Uhr. Es ist 5.30.

„Claudia, bist du das? Die Freundin von Paula?"

„Ja, wer ist da?"

„Ich bin´s, Dirk. Paulas Freund. Wir haben uns leider noch nicht persönlich kennen gelernt."

„Dirk? Was ist los? Ist was mit Paula?"

Er erzählt ihr in groben Zügen was passiert ist.

Claudia ist jetzt hellwach: „Paula? Jemanden umgebracht? Du spinnst."

„Leider nein."

„Ich pack´ meine Klamotten, nehme mir Urlaub und bin heute Abend bei euch. Die Adresse hab ich. Tschau."

Sie legt auf.

Dirk macht sich einen Kaffee, trinkt ihn, legt sich auf die Couch und schläft ein. Als er wach wird, beginnt es schon wieder dunkel zu werden. Er ärgert sich, dass er so fest eingeschlafen ist und sich keinen Wecker gestellt hat. Paula sitzt in Haft und hört nichts von ihm.

Er duscht, rasiert sich und als er gerade seine Kleidung rausgesucht hat, geht die Klingel.

Er zieht sich schnell etwas über und öffnet die Tür.

Claudia kommt ihm entgegen. Er kennt sie von einigen Bildern. In Natura sieht sie besser aus, findet er. Freundlich und nett wirkt sie. „Erzähl noch mal alles. Was ist passiert? Ich kann es nicht glauben."

Er berichtet ausführlich von dem Abend bis hin zum Mord und nennt ihr den Namen des Opfers.

„Jochen Lewitzki? Sagt mir auch nichts. Hast du schon ihre Eltern angerufen?"

Dirk sieht sie verständnislos an: „Ihre Eltern? Die sind doch tot."

„Tot? Die sind quicklebendig! Hat Paula das erzählt? Mhm - na ja, so konnte sie unbequemen Fragen gleich aus dem Weg gehen."

„Hast du die Nummer?"

„Ja, ich bin häufig mit ihnen in Kontakt und erzähle ihnen, wie es Paula geht."

„Warum hat sie ihre Eltern nur verleugnet? Was soll das alles?"

„Ich weiß auch nicht, was los ist. Irgendetwas ist damals vorgefallen. Aber weder ihre Eltern, ihre Schwester, noch Paula reden darüber. Paula hat nur mal etwas von einem großen Fehler erzählt, den sie gemacht hat. Genaueres weiß ich auch nicht. Ich habe oft versucht, mit ihr darüber zu reden, aber sie sagte immer, damit hätte sie abgeschlossen."

„Schwester? Eine Schwester hat sie auch?"

„Ja. Lisa ist zwei Jahre jünger als Paula."

Dirk lehnt sich zurück. Was würde er noch alles über Paula erfahren? Er hatte gedacht, er würde sie kennen, aber jetzt fragt er sich, mit wem er da zusammen ist.

„Und dieser Typ, den sie umgebracht hat: Jochen Lewitzki, das sagt dir gar nichts?"

„Nein, wirklich nicht. Nie von ihm gehört."

„Er kommt aus Berlin."

„Berlin? Da hat sie mal ganz kurz gelebt und auch diesen schweren Autounfall gehabt. Nach der Reha ist sie nach Kassel gezogen. Ich hab mich damals schon gefragt, was da passiert ist, aber wie gesagt, wenn ich sie drauf angesprochen habe, ist sie mir immer ausgewichen."

Dirk ist immer enttäuschter. Jetzt weiß er, woher ihre Narben stammen. Ein Autounfall. Aber warum hatte sie ihn nur so belogen und behauptet, dass sie als Kind angefahren worden wäre? Claudia hatte ihn leider kein Stück näher an die Wahrheit gebracht, sondern ihn nur noch mehr verwirrt.

„Ruf bitte ihre Eltern an."

Das hab' ich schon gemacht. Morgen früh sind sie hier. Hast du noch Platz?"

„Klar, irgendwie wird es schon gehen."

Sie versuchen, am Abend Licht in die Sache zu bringen, aber alles wird nur verworrener. Der Weißwein, den sie trinken, gibt beiden ein Gefühl der Unwirklichkeit. So, als würden sie zusammen nur einen Plot für einen Krimi suchen und nicht über den Menschen nachdenken, der sie miteinander verbindet.

Benommen schlafen beide auf der Couch ein und werden vom Klingeln an der Eingangstür unsanft geweckt.

Es sind Paulas Eltern. Claudia umarmt sie schweigend. Dirk schaut auf die Uhr. 7 Uhr morgens. Der Vater tritt ein, sagt nichts, drückt ihm die Hand und geht gleich weiter ins Wohnzimmer. Die Mutter bleibt in der Tür stehen. Dirk bittet sie herein. Er sieht ihr an, dass sie die ganze Nacht geweint hat. Zaghaft reicht sie ihm ihre Hand. Dirk erkennt die Ähnlichkeit mit Paula, nur scheint die Mutter noch zerbrechlicher zu sein. Er nimmt ihr den Mantel ab und bietet den beiden Kaffee an. „Könnten wir auch einen Tee bekommen?", fragt die Mutter leise. Auch Paula trinkt lieber Tee, fällt ihm ein.

Dann sitzen sie im Wohnzimmer und nippen an ihren Tassen.

Der Vater ergreift zuerst das Wort: „Wir sollen gleich ins Präsidium kommen. Um 11 Uhr. Die Polizei hat uns gestern informiert."

„Haben Sie eine Ahnung, warum Paula das getan haben könnte? Kennen Sie das Opfer?" fragt Dirk direkt. Er kann jetzt keine Konversation machen, er muss wissen, was los ist.

Ihre Mutter nickt, sagt aber nichts.

Der Vater sieht zum Fenster hinaus.

Dirk wird langsam wütend. „Verdammt noch mal, kann mir hier mal einer sagen, was los ist?"

Die Mutter zuckt zusammen und beginnt leise zu weinen. Das hat er nicht gewollt.

Er geht zu ihr hin, setzt sich neben sie und legt seinen rechten Arm um ihre Schulter: „Tut mir leid. Tut mir wirklich leid, ich bin total angespannt. Ich versteh' die Welt nicht mehr. Alles, was vorher wirklich war, ist jetzt nicht mehr wirklich. Bitte sagen Sie mir, was mit ihrer Tochter los ist!"

Die Mutter legt die Hände in ihren Schoß, schließt sie dann zusammen und drückt sie so fest, dass das Weiße hervortritt: „Paula kannte den Mann."
„Schön", sagt Dirk „Und weiter!"
„Sie haben zusammen gearbeitet."

Dirk wäre am liebsten vor lauter Ungeduld aus dem Fenster gesprungen oder hätte sie gewürgt oder irgendetwas getan, damit sie nicht jeden Satz einzeln hervorquälte.
„Paula hat ihn mal geliebt."
„Also ist er ein Ex von ihr?"
„Nein. Ja. Na ja, nicht direkt.", schaltet der Vater sich ein. Dann spricht er genauso wenig weiter wie seine Frau.
Dirk verdreht die Augen.
Lieber Gott im Himmel, gib mir Geduld!, denkt er.
„Ja und? Wie ging es weiter? Was ist passiert? Hat er sie sitzenlassen? Hat er Schluss mit ihr gemacht? Und deswegen hat sie ihn jetzt umgebracht?"
Die Eltern sagen immer noch nichts und sehen mal auf den Boden, mal auf ihre Hände.
Dirk wird es ganz anders. Wenn er hier nicht bald weiterkommt, würde er wahnsinnig werden.
„Bitte! Ich bitte Sie. Sagen Sie uns bitte, was passiert ist. So kommen wir hier nicht weiter. Oder ist es ein Familiengeheimnis?"
Der Vater steht auf und geht im Zimmer auf und ab: „Nein, Sie haben ja Recht. Also, es war so: Sie kam damals zu uns. Sie sagte uns, dass sie schwanger sei. Wir fielen aus allen Wolken. Wissen Sie, wir sind sehr gläubig. Wirklich sehr gläubig. Und sie war nicht verheiratet."
„Schwanger?", ruft Claudia dazwischen. „Davon hat sie mir nichts erzählt."
„Sie waren, als es passierte, in Frankreich, Claudia. Sie konnten es nicht wissen. Ich glaube kaum, dass Sie Ihnen davon am Telefon erzählt hat!"
„Nein, hat sie auch nicht! Ich weiß noch, als ich wiederkam, war sie mir sehr verändert zu sein. Aber ich dachte, das läge

an dem Autounfall. Ich hatte mich nur gewundert, weil sie so kurz in Berlin geblieben war, obwohl das doch angeblich ihre Traumstadt sein sollte. Und dann zog sie urplötzlich nach Kassel! Ebenso erstaunt war ich, dass zu Ihnen kein Kontakt mehr bestand. Aber da wollten Sie beide ja auch nicht mit mir drüber reden. Paula erzählte nur etwas von einem großen Fehler. Das was ich dir gestern berichtet hab', Dirk."

Dirk nickt. „Und, wie ging es weiter?"

„Also, Paula erzählte uns von der Schwangerschaft und von Jochen. Und dass die beiden nicht heiraten wollten. Wir waren so entsetzt. Wir hatten unsere Paula zweifellos gut erzogen und dann das."

`So gut erzogen, dass sie Männer in Kneipen mit kaputten Biergläsern umbringt´, denkt Dirk.

„Ich sagte ihr, sie sei nicht mehr unsere Tochter", Paulas Vater schaut verlegen auf seine Schuhe.

Dirk sieht beide verständnislos an. Wie kann man in der heutigen Zeit so denken?

„Dann haben wir sie nicht mehr gesehen. Bis eines Abends die Polizei bei uns anrief. Die Berliner Polizei. Paula lag im Krankenhaus. Ein Unfall, bei dem sie ihre Kinder verloren hatte... Es wären Zwillinge geworden."

„Wir fuhren hin", erzählt die Mutter weiter. „Sie lag da, weinte und erzählte ständig etwas von einer Achterbahn."

„Achterbahn? Das macht sie jetzt auch. Sie ist im Gefängnis in ärztlicher Behandlung, soll in der Ecke sitzen und ständig etwas von einer Achterbahnfahrt vor sich hinmurmeln. Was hat das nur zu bedeuten?"

„Wir erfuhren erst später, was passiert war. Freunde von ihr, die sie im Krankenhaus besucht hatten, sagten es uns."

„Und was ist passiert? Warum hat sie mir nie davon erzählt?" Dirk rauft sich durchs Haar.

„Sie waren damals alle zusammen zur Kirmes gefahren. Dieser Jochen und seine Clique. Paula ging es wohl an dem Abend nicht so gut. Sie war schon im fünften Monat schwanger. Aber Jochen bestand regelrecht darauf, dass Paula mit in der Achterbahn fuhr. Sie fragte ihn, ob er verrückt sei, immerhin wäre sie schwanger. Aber er bedrängte sie immer wieder: Mit ihr sei ja nix mehr los und überhaupt wäre sie so langweilig geworden. So hatte sie sich dann überreden lassen und war mitgefahren. Wahrscheinlich hatte sie Angst gehabt, ihn zu verlieren. Anschließend war ihr speiübel geworden und sie hatte sofort nach Hause gewollt. Jochen solle sie bitte fahren. Da hat er wohl vor allen Leuten gesagt, sie könne ja auch gerne alleine abhauen, er habe sowieso keinen Bock auf das Kind und auch auf sie nicht mehr! Er wolle sich noch ein bisschen amüsieren. Schließlich seien sie mit zwei Autos da und sie solle zusehen, wie sie nach Hause käme."

Stille im Raum.

„Dann ist sie allein gefahren, im Dunkeln, ihren Führerschein hatte sie noch nicht so lange. Ihr war bestimmt noch übel und bestimmt haben die Kinder im Bauch rebelliert und wahrscheinlich hat sie geweint. Sie ist in einer Kurve geradeaus gefahren und und einen Abhang runter. Dabei hat sie sich mehrmals überschlagen."

„Scheiße!", flüstert Dirk.

„Paula war schwer verletzt, als man sie fand. Als sie wieder zu sich kam, wollte sie uns nicht mehr sehen. Auch ihre Schwester nicht. Niemanden. Sie gab uns die Schuld. Hätten wir sie nicht verstoßen, sagte sie, wäre das nicht passiert. Wahrscheinlich konnte sie es sich selbst nie verzeihen. Sie hat lange Zeit im Krankenhaus und in der Reha verbracht und ist dann weggezogen."

„Wie können wir ihr denn jetzt helfen?", fragt ihre Mutter und sieht dabei Dirk an, als müsste er jetzt alles wieder in Ordnung bringen, was in dieser Familie falsch gelaufen war.

Dirk schaut zur Decke: Vorgestern war seine Welt noch in Ordnung gewesen - jetzt hatte er eine Verlobte, die einen Menschen umgebracht hatte und vermutlich die nächsten zehn Jahre nicht mehr aus dem Knast kommen würde. Eine Familie, die er nicht kannte. Die aber nun auf ihn zählte.

* * *

Auf dem Fußboden der Zelle sitzt Paula. Sie hat die Arme um die Beine geschlungen, den Kopf auf ihre Knie gelegt und singt den Text von Bob Marley:
„Don´t worry about a thing,
`cause every little thing gonna be all right
Singin`: Don´t worry about the thing,
Cause every little thing gonna be all right!"

Dann lächelt sie und steht auf. Jetzt kann ihr nichts mehr passieren. Jetzt kann ihr Leben neu beginnen.

Gestohlene Stunden

Wir haben nie darüber gesprochen. Nicht ein einziges Mal.
Eigentlich würde jeder meinen: Da war auch nichts, worüber man sprechen müsste. Denn es gab nichts, woran man es hätte festmachen können.
Wir sehen uns selten, und wenn, sprechen wir kaum miteinander.
Doch wir nehmen uns wahr.
Wir berühren uns nicht. Auch nicht zufällig. Nur zur Begrüßung geben wir uns flüchtig die Hand.
Und auch danach, nach dieser Nacht, dieser krampfhafte Versuch, sich nicht zu berühren, nur nicht nebeneinanderzusitzen.
Aber es beruhigt mich auf eine subtile Art, wenn du da bist. Es wirft mich nicht aus dem Gleichgewicht, macht mich auch nicht nervös. Aber es freut mich ein bisschen, ja!
Wenn du nicht da bist, kann ich es nicht ändern. Ich warte nicht sehnsüchtig auf dich. Würde ich das machen, dann wüsste ich, dass ich was tun, irgendwas verändern muss.
Aber so läuft alles, wie es laufen soll. Ich bin glücklich mit Sascha und alles ist ganz einfach.
Wirklich einfach? Oder nur in meiner Phantasie, oder in Filmen, die ich sehe, und Büchern, die ich lese? Oder in dem Leben anderer Menschen, die ich deswegen beneide? Dabei weiß ich wahrscheinlich nur nicht, was wirklich los ist. Vielleicht spielen sie alle genauso ein Spiel wie ich.
Seit diesem Abend.

Ich hatte zwei Karten gewonnen: Presseball in der Spielbank, pro Stück 200 Euro. Dementsprechend war das Publikum. Ich nahm meine Freundin Manu mit. Meine Freundin, die kreuzunglücklich in ihrer verkorksten Ehe ist. Natürlich sagt sie immer:"Alles super, alles O. K., das wird schon, und, ach ja, das

Problem mit dem Alkohol, das bekommt er auch noch in den Griff, und überhaupt, und ich lieb ihn doch, und die Kinder und…" Und alles in allem ist sie nur frustriert und desillusioniert. Deshalb freute sie sich besonders, mal wieder rauszukommen. Wir hatten einen Mordsspaß, amüsierten uns über die lokale High Society, vorwiegend dickbäuchige Geschäftsleute mit Rolex Uhren und Ehefrauen in viel zu engen Designerkleidern. Das Programm war gut, das Essen fantastisch, beim Spiel verloren wir 20 Euro und gewannen 50, aber danach brauchten wir unbedingt gute Musik und normale Menschen.

Wir gingen in die Disko. Während ich zu jedem Lied tanzte, flirtete Manu an der Theke mit einem Mann nach dem anderen. Sie sah gut aus und machte anscheinend die passenden Bemerkungen, hatte das richtige Augenzwinkern, ich weiß es nicht. Ich hab nie verstanden, was mich von anderen Frauen unterscheidet. Ich sehe auch sehr gut aus, Männer schauen mir hinterher, aber ich schaffe es wohl immer, diese Barriere um mich herum aufzubauen, die vermittelt: Schau, aber lass mich in Ruhe.

Ich kam von der Tanzfläche und entdeckte dich. Du warst mit einem Freund da, ohne deine Frau. Zum ersten Mal sahen wir uns ohne sie. Ich hatte einen ordentlichen Schwips und nahm dich wahrscheinlich deshalb in den Arm, drückte dich. Ich hatte keine Lust mehr zu tanzen, wir standen nebeneinander und redeten, wie wir es nie zuvor getan hatten. Manu unterhielt sich mit deinem Freund. Es dauerte nicht lange und sie sprachen nicht mehr. Standen nun ganz eng beieinander, küssten sich.

Die Disko machte zu – es war sieben Uhr morgens. Keiner wollte nach Hause. Wir gingen in die nächste Kneipe, setzten uns in eine Ecke. Ich wurde müde, aber Manu beschwor mich zu bleiben. Sie sollte in dieser Nacht bei mir schlafen, niemand fragte, wann sie nach Hause kam, sie hatte seit langer Zeit mal wieder einen freien Tag und ich, ich bekam langsam Angst, weil ich deine Nähe spürte, weil ich dir nah sein wollte und dann sagtest du plötzlich: „Komm, lehn dich doch an mich und schlaf ein wenig." Und ich lehnte mich an und roch dich, spürte dich und fühlte mich angekommen.

Ich war außerhalb jeder Zeit, außerhalb meiner Welt. Wir küssten uns nicht, hielten uns nur an der Hand, als wäre es das Selbstverständlichste auf der Welt. Genossen die Nähe des anderen.

Irgendwann stupste Manu mich an: „Du, es ist schon zehn Uhr, lass uns jetzt langsam gehen."

Du zogst mich ganz fest an dich, gabst mir einen Kuss auf mein Haar und ließt mich langsam wieder los.

Dein Blick - traurig und trotzdem voller Freude über die Stunden, die wir uns gestohlen hatten.

Wir haben nie darüber gesprochen.
Es gibt nichts zu reden.
Du bist der Mann meiner Schwester.

Lebenslang

Simone hatte es vorausgesehen. Schon, als sie es nicht geschafft hatte, ihre Jacke allein anzuziehen.

Sie fühlte sich heute erschöpft, hatte schlecht geschlafen und war unkonzentriert.

Er schlug die Augen zum Himmel, atmete tief ein und half ihr dann wortlos.

Dann, als sie Harald gebeten hatte, heute nur die kleine Runde zu drehen, bestand er darauf, die ganz große zu machen.

Simone fügte sich in der Hoffnung, dass sich seine Laune dadurch bessern würde.

Aber auf halber Strecke machte sie schlapp. Ihr taten die Arme weh, ihr Rücken schmerzte. Sie lehnte sich an einen Baum. Kurz nur.

Ohne Vorwarnung schlug er sie. Mehrmals.

Ihr Kopf knallte gegen den Stamm. Zack. Zack. Zack. Tränen traten ihr in die Augen, aber kein Ton kam über ihre Lippen. Sie riss sich zusammen. Sie wusste, wenn sie jetzt heulte, würde er komplett ausrasten.

Sie gingen weiter.

Rechte Krücke, linker Fuß, linke Krücke, rechter Fuß.

Der holprige Waldweg schien endlos.

Rechte Krücke, linker Fuß, linke Krücke, rechter Fuß.

„Siehst du, geht doch, Liebling." Fürsorglich legte er ihr den Arm um die Schultern. Lächelte sie an.

Simone war erleichtert. Unter Schmerzen setzte sie ihren Weg fort. Rechte Krücke, linker Fuß, linke Krücke, rechter Fuß.

Herr Schober, ihr Nachbar, kam ihnen entgegen. Am liebsten hätte sie gebrüllt: „Helfen Sie mir! So helfen Sie mir doch!" Aber was würde das nützen? Stattdessen erwiderte sie seinen Gruß und ließ liebe Grüße an die Frau ausrichten.

Zu Hause angekommen, fiel sie müde in den Sessel. Er half

ihr, sich auszuziehen, zog ihr die Freizeitkleidung an und deckte den Tisch fürs Abendessen. Auch sonst war er der liebenswerte Mann, den sie geheiratet hatte.

Bis sie mit ihren zittrigen Händen das Glas Milch umstieß.

Wie in Zeitlupe spielte sich alles Weitere ab. Er holte tief Luft, lief rot an, stand auf, schob seinen Stuhl zurück und fegte dann mit einer Armbewegung alle Sachen vom Tisch. Er brüllte und stampfte mit dem Fuß auf.

Simone saß nur da und wünschte sich, dass sie anderswo wäre, dass sie das alles nur beobachten würde, irgendwo, vielleicht im Fernsehen, in einem anderem Fenster, einem anderen Haus.

Die Krücke traf sie hart. Sie stürzte vom Stuhl, schloss die Augen und versuchte ihren Kopf zu schützen. Kauerte auf dem Boden. Zog sich zusammen. Noch ein-, zweimal traf die Krücke.

Simone fiel zurück in eine andere Zeit. In die Zeit, als sie ihn kennen gelernt hatte. Wie lieb er damals zu ihr gewesen war!

Durch ihre spastische Lähmung, an der sie seit ihrer Geburt litt, konnte sie sich nur mit Krücken vorwärtsbewegen. Ihre Füße waren ziemlich nutzlos. Seit sie denken konnte, hänselte oder bemitleidete man sie deswegen.

Kein Mann hatte sich je für sie interessiert. Bis Harald in ihr Leben trat. Er war stets gut gelaunt und freundlich, schien gar nicht zu bemerken, dass sie behindert war. Im Gegenteil, sie hatte das Gefühl, dass er richtig aufblühte, wenn er sich um sie kümmern konnte. Er war so aufmerksam und behandelte sie liebevoll. Sie fühlte sich wie eine Prinzessin.

Als er um ihre Hand anhielt, konnte sie ihr Glück kaum fassen. Die Hochzeit war ein Traum gewesen. Er hatte eine weiße Kutsche bestellt und trug sie bis vor den Altar. Ihre Eltern weinten vor Freude.

Schon vor der Hochzeit hatte Harald leichte Anzeichen von Aggressivität gezeigt, aber nie ihr gegenüber.

Das änderte sich schnell.

Er hatte aufgehört, sie anzuschreien.

Saß jetzt auf dem Tisch. Simone sah, wie seine Beine hin und her baumelten. Sollte sie zu ihm hochschauen oder lieber noch nicht?

Ihr tat alles weh. Was sollte sie bloß tun?

Sie hatte mal versucht, mit ihren Eltern darüber zu reden, aber die glaubten ihr nicht. „Ach, Kind, du übertreibst bestimmt. Der Harald ist doch so nett und immer so fürsorglich. Nein, das kann nicht sein."

Und ein anders Mal: „Hör sofort auf damit! Du hast ja schon als Kind gerne geschwindelt."

Als ihr Arzt sie neulich nach den blauen Flecken gefragt hatte, wagte sie nicht, sich ihm anzuvertrauen.

Aber was sollte sie ohne Harald machen? Wieder zu ihren Eltern zurückkehren oder in ein Heim für Behinderte gehen? Vor dem Alleinleben hatte sie Angst. Sie war abhängig von ihm und das wusste er, und außerdem schlug er sie ja nicht oft. Und schließlich war es nicht einfach mit einer behinderten Frau. Das hatten auch ihre Eltern gesagt.

In den Urlaub könnte sie ohne ihn ebenfalls nicht mehr fahren. Harald reiste so gerne und sie doch auch. Wo sie schon überall waren! In Australien, Amerika. Letztes Jahr in Rom. Ohne ihn wäre sie da nie hingekommen.

Ihn umzubringen wäre also auch keine Lösung. Ihn verlassen? Auf gar keinen Fall. Das würde er nicht zulassen. Sie war lebenslänglich an ihn gebunden. Das hatte er ihr mehrfach versichert. Er würde sie überall finden.

Harald rutschte vom Tisch und ging um ihn herum. Plötzlich trat er sie.

Simone schrie auf.

„Halt 's Maul! Ich kann dein Gewinsel nicht mehr hören."

Er packte sie an den Haaren und zog sie mit. Schleifte sie vom Esszimmer in die Küche. Dort ließ er sie liegen. Dann ging er ins Wohnzimmer und machte den Fernseher an. Sie hörte, wie er sich ein Glas Brandy einschüttete, dann noch eins. Er lachte über einen Witz, den ein Komiker machte. Ein schöner Fernsehabend. Ein richtig gemütlicher Fernsehabend. Dann hörte sie ihn nicht mehr. Wahrscheinlich war er eingeschlafen, so wie immer.

Simone kroch zu ihren Krücken, zog sich hoch und hinkte hinaus zum Schuppen.

Rechte Krücke, linker Fuß, linke Krücke, rechter Fuß.

Sie holte das Gift, ging in die Küche, stellte einen der umgeworfenen Stühle wieder auf und setzte sich. Dann schüttete sie das Gift in ein Glas. Sie schlich zu Harald, holte die Flasche Brandy und goss etwas davon ein. Dann sah sie es an. Lange. Sehr lange und wusste: Ihr Leben dauert zu lang.

Dann ging sie zum Telefon und sprach mit der Polizei.

Als die Beamten und der Krankenwagen eintrafen, war es zu spät. Das Gift, das der Ehemann seiner Frau gegeben hatte, hatte bereits gewirkt.

Memento mori

„Huhu, Phillip, hallo!"
Er schloss den Wagen ab und ging auf das Haus zu.
Karla stand in der Tür und wartete. „Na, du scheinst aber keine gute Laune zu haben. Ist etwas schief gegangen? Schnell, komm rein, ich kann es kaum erwarten die Neuigkeiten zu hören." Sie nahm ihm die Tasche ab und schob ihn sanft in die Küche.
Sie hatte alles vorbereitet und den Tisch schön gedeckt. Auf dem Herd stand sein Lieblingsgericht.
„Erzähl doch, Phillip. Wie war die Woche? Hat alles geklappt? Ich bin so neugierig."
Er setzte sich an den Tisch und lächelte zum ersten Mal.
„Die Woche war super, Liebes. Das Geschäft ist unter Dach und Fach. Wir sind jetzt gemachte Leute. Aber lass uns erst essen, ich habe Hunger. Danach erfährst du alles ausführlich."
Voller Ungeduld saß sie am Tisch und ertappte sich dabei, dass sie bereits darüber nachdachte, welche Schulden sie zuerst bezahlen würden.
Als sie anschließend erfuhr, dass ihre Erwartungen weit übertroffen wurden, hielt sie unwillkürlich den Atem an.
Sie stand auf und umarmte ihn. Glücklich lachte sie: „Wir werden keine finanziellen Sorgen mehr haben! Nach jahrelangen Entbehrungen! Ich bin stolz auf dich."
Phillip goss sich einen Whisky ein und schüttete ihn hinunter, dann stand er auf: „Du, ich dusch' schnell, geh' doch schon mal ins Wohnzimmer, ich komme gleich nach, Liebes und dann feiern wir."
Sie räumte zügig auf, zündete die blauen Kerzen an und stellte zwei Sektgläser bereit.
Dann machte sie es sich auf der Couch bequem.
Plötzlich spürte sie, wie etwas um ihren Hals geschlungen,

fest zugezogen wurde und ihr die Luft nahm.

Sie versuchte ihre Hände dazwischenzuzwängen, aber das gelang ihr nicht. Wo war Phillip? Sie wollte schreien, doch es kam kein Ton heraus.

Sie trat mit den Beinen gegen den Tisch, schob ihn weg, strampelte, bäumte sich mit letzter Kraft auf und blickte nach hinten. Entsetzt erkannte sie Phillip. Ihren Mann!

Angewidert sah er sie an. Dann verlor sie das Bewusstsein.

Wie lange sie besinnungslos gewesen war, konnte sie nicht sagen. Als sie allmählich zu sich kam, lag sie auf dem Boden, nur den einen Gedanken im Kopf: Das konnte nicht sein! Ihr Phillip? War alles nur Einbildung? Nein. Nein! Das war real gewesen. Was sollte sie nur tun? Wo hielt Phillip sich jetzt auf? Nahm er an, sie wäre tot? Sie musste sich aufrappeln und versuchen die Polizei zu rufen!

Sie hörte, wie jemand die Haustür aufschloss

Stille.

Dann: „Phillip, wo bist du?" Eine Stimme, die ihr bekannt vorkam.

„Hier, Corinna! Im Wohnzimmer."

Corinna, welche Corinna? Was passierte hier?

„Ist alles erledigt, Phillip?"

Jetzt erkannte Karla die Stimme: Es war Corinna Zurbald, seine Sekretärin. „Guten Tag, Frau Simon. Wie geht's Ihnen, Frau Simon? Ja, ich stelle sofort durch, Frau Simon."

Sie war immer so freundlich zu ihr gewesen. Was machte sie in ihrem Haus und warum hatte sie einen Schlüssel?

Die Adern in ihrem Hals pochten beinahe so qualvoll wie die Schmerzen in ihrem Kopf.

Sie begriff.

Karla probierte aufzustehen und ging in die Knie.

Sie hörte das Blut in ihren Adern rauschen, die Augen, weit aufgerissen, fixierten ihren Mann: „Warum, Phillip? Was hab ich getan?"

„Ach, guck dich doch an, Karla. Was soll ich noch mit dir? Ich bin jetzt reich. Das will ich genießen und vor allem nicht mit dir teilen."

Sie sagte nichts. Konnte nichts sagen.

„Ich liebe Corinna schon lange."

Sie bemühte sich erneut auf die Beine zu kommen, spürte jedoch, wie ihre Knie wegsackten. Dann wurde ihr schwarz vor Augen.

Als sie wieder zu sich kam, war es dunkel. Nein, nicht dunkel, finster. Sie lag auf dem Rücken, aber unter ihr war kein glatter Boden. Worauf lag sie? Es drückte, tat weh. Sie fröstelte. Wonach roch es? Dieser Gestank und dann ... was war das?

Sie sog die Luft tief ein, hob den Kopf, stieß gegen ein Hindernis. Sie versuchte ein Bein hochzuheben, kam aber nicht weit. Mit den Händen ertastete sie ihre Umgebung. Überall Wände, mit weichem seidigen Stoff bespannt. Sie spürte den unebenen Boden unter sich und hielt plötzlich etwas Massives in der Hand.

Was war das?

Hart und glatt. Wie ein Knochen.

Nun erkannte sie auch den Geruch. Es war ... es war - ihr Verstand weigerte sich noch es zu akzeptieren - es war ... Erde!

Frische, umgegrabene Erde. Panik erfasste sie, wurde immer stärker und nahm schließlich ganz von ihr Besitz. Unkontrollierbar. Ihr Körper vibrierte, sie fing an hastig zu atmen, verlor fast das Bewusstsein. Sie schrie, schlug mit den Fäusten gegen die Holzkiste, aber nichts, nichts, nichts geschah.

Niemand kam; niemand hörte sie. Hatte Phillip gedacht, dass sie bereits tot wäre? So was konnte er ihr doch nicht antun!

Lebendig begraben, war ihr letzter Gedanke, bevor sie erneut das Bewusstsein verlor.

Single

Sie dreht die Musik lauter.

Warum hat er das nur gemacht? Hat sie ihn danach gefragt? Hat sie ihn darum gebeten?

Isabel sieht sich das Foto ein letztes Mal an. Es ist absolut geschmacklos: Er liegt auf Eiswürfeln, die kurzen Haare mit Gel zurückgekämmt. Nicht glatt, nein, die schwarzen Locken sind noch gut zu erkennen. Der Oberkörper ist nackt, glänzend und muskulös. Die schmalen, tiefbraunen Augen sind verführerisch verengt. Zwischen den Lippen hält er eine rote Rose. Er strahlt eine unverschämte Selbstsicherheit aus. Er weiß genau, wie gut er aussieht. Auf so was steht Isabel eigentlich gar nicht.

Aber diese Augen … Die faszinierten sie von Anfang an.

Sie entdeckte sein Bild und den Bericht in einer Zeitschrift. Dort stand, er habe mit dem Foto eine verlorene Wette eingelöst, nachdem seine Mannschaft in die Regionalliga abgestiegen war. Sie schnitt es aus. Thomas Arndt hieß er, und er spielte bei Wattenscheid 09 als Verteidiger.

Fußball? Das war für sie genauso ein Mysterium wie Algebra.

Sie pinnte das Foto an die Wand neben ihrem Bett, und jeden Abend schlief sie ein in dem Bewusstsein, dass er bei ihr war, sie ansah. Sie fing an, mit ihm zu sprechen, ihm alles zu erzählen: wie es ihr ging, was sie tagsüber erlebt und wer sie geärgert hatte oder wer nett zu ihr gewesen war.

Nach und nach lernte er alle ihre Freunde, Familienmitglieder und auch die Feinde kennen.

Sie malte sich aus, wie es wäre, mit ihm im Bett zu liegen, sich bei ihm anzukuscheln, seine Muskeln zu spüren, wenn er auf ihr lag und sie sich in seinen Rücken krallte. Sie wusste, was er ihr ins Ohr flüstern würde, nachdem sie sich geliebt hatten. Bald fühlte sie sich untrennbar mit ihm verbunden. Er war die

Erfüllung all ihrer Träume und Wünsche.

Nach ein paar Wochen entdeckte ihre Freundin Carolin das Foto und amüsierte sich köstlich. „Mhm, wer ist das denn? Gut sieht er aus. Wattenscheid. Das ist doch nicht weit."

Natürlich hatte Isabel auch schon daran gedacht, aber … Nein, das kam gar nicht in Frage!

Eines Sonntags stand Carolin vor der Tür: „Steig ein, wir schauen uns den Typen mal aus der Nähe an. Heute spielt er in Werl. Ich bin so froh, dass du dich endlich mal verliebt hast. Da kann ich nicht warten, bis du in die Pötte kommst. Los!"

Isabel stieg ein, unsicher, ängstlich. Wollte sie das wirklich?

Eine halbe Stunde später waren sie da. Das Spiel hatte bereits begonnen. Gemeinsam hielten sie nach ihm Ausschau. Im Sportdress sahen irgendwie alle gleich aus.

Carolin erkannte ihn als Erste. „Da, guck, da ist er!"

Isabels Herz raste wie ein ICE in voller Fahrt. Sie konnte ihre Augen nicht von ihm lassen.

Von da an ging sie jedes Wochenende zu seinen Spielen. Sie kannte bald alle Vereine in seiner Liga, wusste den Tabellenstand, fieberte mit ihm und verzog gequält das Gesicht, wenn er sich verletzte.

Carolin fuhr längst nicht mehr mit.

Isabel recherchierte seine Adresse im Internet. Manchmal fuhr sie hin und beobachtete sein Haus, wartete auf ihn. Ab und an hatte er Frauen dabei. Meist gutaussehende. Sie wechselten häufig, das hatte sie vorher geahnt. Zuhause erzählte sie ihm, was sie davon hielt.

Aber meistens war ihre Beziehung perfekt. Sie verstanden sich wirklich gut.

Manchmal rief sie ihn an und legte sofort auf, wenn er sich meldete.

Andere Männer interessierten sie nicht. Im Laufe der Zeit versuchten es einige bei ihr, aber sie hatte ja einen Freund: Thomas Arndt.

Carolin drängte sie immer häufiger, mit ihm Kontakt aufzunehmen. Aber ach, was wusste die denn schon?

Und jetzt das. Jetzt das! Warum nur hatte er das getan?

Sie saß auf der Bank, bevor das Spiel losging, als er plötzlich vor ihr stand. Er schaute ihr direkt in die Augen. „Ich hab dich schon öfter gesehen. Bist ja fast bei jedem Spiel dabei. Darf ich mich zu dir setzen? Heute spiel ich nicht."

Erst nickte sie, doch dann, als er neben ihr saß, stand sie auf und ging fort. Jetzt war es vorbei. Ein für alle Mal. Verdammt! Warum nur hatte er sie angesprochen?!

Alles hätte so schön sein können! Sie allein mit seinem Bild in ihrem Schlafzimmer.

Sie zerreißt das Foto, wirft es in den Müll und singt laut den Refrain von Natascha Bedingfield mit:

"I'm single right now. That's how I wanna be."

Was sie nicht wollte

Worüber hatte sie mit Claire gesprochen? Anka konnte es nicht mehr sagen.

Wenn alles immer einfach wäre. Früher ja, früher hatte sie gedacht, alles sei einfach. So bis zum ihrem sechsten Lebensjahr. Und danach hatte sie nur noch gedacht: - Später, wenn du älter bist, dann wird alles einfach. Dann bist du erwachsen und das Leben fängt an. Dein Leben fängt an. - Sie war eben noch ein Kind und hatte geträumt.

Träumen tat sie immer noch. Mit offenen Augen und manchmal sogar im Auto.

So wie jetzt. Worüber hatte sie mit Claire geredet? War das denn wichtig?

Nein, entschied sie. Nein! Das hatte sie gelernt: Entscheidungen zu treffen. Beziehungsweise hatte sie gelernt, herauszufinden, was sie nicht wollte. Das war ein Anfang. Der Rest ergab sich.

Warum ist er auch nicht ans Handy gegangen? Zwei Stunden lang hatte sie es versucht. Aber er hatte es ausgeschaltet. Das machte er sonst nie.

Ob sie es schon wissen?

Sie fuhr auf eine Raststätte. Es war dunkel. Sie musste einen Moment Ruhe haben. Kurz die Augen zu machen. Morgen ging es weiter. In ihr neues Leben.

Frankreich, Italien. Egal. Hauptsache neu. Alles würde sich finden. So wie es sich immer gefunden hatte.

Sie erwachte mit einem stechenden Schmerz in ihrer Schulter. Sie schien wie ausgekugelt, ihre Füße spürte sie kaum noch. Einzig ihr Kopf war klar. Langsam quälte sie sich aus dem Wagen. Neben ihr stand ein rundlicher junger Mann, der einem rundlichen kleinen Kind Butterbrote in den Mund stopfte. Ihr wurde schlecht. Sie rannte zu den Toiletten.

Das Gesicht im Spiegel kannte sie gut. Es war dieses - Was nun Anka?-Gesicht - Seit vierzig Jahren kannte sie es.

Ihre Augen waren verquollen. Sie sah aus, als hätte sie die Nacht durchgezecht. Ein blondes Mädchen, vielleicht drei - vier Jahre alt, sah sie mit zusammengekniffenen Augen an. Nicht unfreundlich. Eher interessiert. Anka ging in die Knie. Auf Augenhöhe mit dem Kind und streichelte ihm leicht übers Haar. Das Mädchen lächelte. Die Mutter kam aus der Toilette heraus und zog die Kleine von ihr weg.

Immer wurde ihr alles weggenommen.

Sie kämmte sich durchs Haar, wusch sich oberflächlich, richtete sich auf und blickte noch mal in den Spiegel. Beruhigt erkannte sie das - Du hast alles richtig gemacht, Anka!-Gesicht.

Jetzt einen Kaffee und weiter ging die Fahrt.

Die Sonne schien. Strahlte in ihr Auto. Anka lachte zurück. So frei. Sie schaltete das Radio an. Der vertraute Sender lag bereits hinter ihr.

Neue Landschaften zogen an ihr vorbei. Schnell, ganz schnell.

Einmal, gegen Mittag, machte sie wieder eine Pause. Ein glänzender Fluss schlängelte sich schon seit längerer Zeit nahe der Autobahn. Sie hielt an, zog ihre Kleider aus und sprang hinein. Schwamm hinüber bis zum anderen Ufer. Sie war eine gute Schwimmerin. Einmal die Woche ging sie schwimmen.

Was hatte sie mit Claire geredet? Verdammt, warum ließ sie das nicht los? Sie schwamm zum Ufer zurück und merkte, dass es ihr schwerer fiel. Erschöpft kam sie an und lehnte sich an das Auto. Dann weinte sie. Erst leise, doch dann, als ihr bewusst wurde, dass sie ganz alleine war, weinte sie laut. Die Tränen rannen an ihr hinunter. Vermischten sich mit den Tropfen des Flusswassers. Sie heulte und heulte für alles, um alles und vor allem um Bernd. Irgendwann kam sie zu sich. Hörte auf, zog sich an und fuhr weiter.

Sie blickte vorher nicht in den Spiegel. Sie hatte Angst davor. Wusste genau, welches Gesicht sie sehen würde, das: - Es ist deine Schuld, Anka! Alles deine Schuld! Gesicht. - Dieses Gesicht wollte sie nicht sehen.

Sie erkannte ein Ortsschild. Carnac. Ohne es zu merken, hatte sie die Bretagne angesteuert.

Hier hatte sie vor knapp zehn Jahren ihren ersten Urlaub mit Bernd verbracht. Einen traumhaften Urlaub. Sucht man nicht immer wieder die Plätze auf, an denen man mal glücklich gewesen war? Nur, ist es nicht so, dass man erst viel später weiß, dass man genau zu diesem Zeitpunkt glücklich gewesen ist?

Sie hatte ihn auf einem Konzert kennen gelernt.

Pink Floyd in Köln. Sie hatte geweint bei „Wish you were here." Er hatte neben ihr gestanden und sie mit bösen Augen angefunkelt, sich gewünscht, sie möge doch endlich aufhören zu heulen. Aber dann, als er sie genau angesehen hatte, da war es um ihn geschehen gewesen. Später hatte er zu ihr gesagt: „Nun, Anka, brauchst du nie wieder zu weinen. Jetzt wird alles gut."

Aber wem konnte sie denn glauben? Sie hatte ihrer Mutter vertraut, die gesagt hatte, „Ich bleibe bei dir, mein Kind." Und dann war sie doch gegangen. Und Anka war allein geblieben mit ihrem Vater. Mit sechs Jahren. Dann kamen mehrere Freundinnen des Vaters, die alle schnell wieder gingen. Danach ist ihr Vater auch gegangen. In die Kneipen. Dann blieb sie eine Zeit bei Oma und Opa und danach kam sie ins Heim.

Die Sonne senkte sich langsam auf die Wiesen nieder. Sie sah die ersten Steinreihen.

Aus dem Radio ertönte Edith Piaf. Es lief: "La vie en Rose." Sie drehte das Radio lauter. Das Leben konnte doch so schön sein.

Sie hielt an und stieg aus. Ging bis zum Zaun. Das hatte sie damals schon machen wollen. Einmal über diesen Zaun steigen, der die Besucher von den Steinreihen trennt und zwischen ihnen rumlaufen, so wie es früher möglich war. Es war dunkel. Niemand war in der Nähe. Sie kletterte über den Zaun.

Hätte er doch abgenommen, wäre er doch ans Handy gegangen, sie hätte überhaupt keinen Verdacht geschöpft.

Anka ging zu einem großen Stein, berührte ihn. Er war noch warm von der Sonne. Sie lehnte sich an. Fühlte sich geborgen.

Bernd war auch lange warm geblieben.

Langsam war das Blut aus ihm herausgelaufen. Sie hatte sich zu ihm gelegt. Nicht klug. Nein.

Bernd war auch nicht klug gewesen. Sie hatte in seiner Stammkneipe angerufen, aber dort war er nicht. Dann seinen Freund Dickie. Aber der wusste auch nichts. Dann noch mal Bernd. Aber sein Handy war immer noch ausgeschaltet. Aus lauter Langeweile hatte sie Claire angerufen.

Ihr fiel einfach nicht mehr ein, über was sie geredet hatten. Dann hörte sie es. Ein Lachen. Sein Lachen. Bernds Lachen. Es stach aus Hunderten hervor. Es war tief und herzlich. Sie liebte dieses Lachen. Immer noch.

Wahrscheinlich hatte er ferngesehen, nicht gewusst, wer anrief. Sich wohl gefühlt. Claire sagte irgendwas von: „Ich muss jetzt Schluss machen. Hab noch was vor."

Er war spät nach Hause gekommen. Hatte ihr erzählt, er wäre in seiner Kneipe gewesen.

Sie hatte gewartet, bis er schlief. Dann tief, ganz tief seinen Geruch eingesogen. Er roch nach Dusche und ein wenig nach Qualm und Bier. Sie hatte das Kissen auf seine Brust gelegt und dann die Pistole genommen, die er für alle Fälle im Haus deponierte. Er hatte ihr mal gezeigt, wie sie funktionierte. Es war ganz einfach.

Alles war einfach: Sie hatte entschieden, was sie nicht wollte: Niemand sollte ihr Bernd wegnehmen.

Dann, als er langsam kalt wurde, war sie zu Claire gefahren, um es ihr zu sagen.

Claire hatte ihr nicht geglaubt. „Aber Anka, nein", hatte sie gesagt. „Ihr feiert doch bald Zehnjähriges. Bernd wollte dich überraschen. Wir bereiten zusammen eine Party vor. Hier, hier sind alle Sachen, die Einladungen und so."

Anka war erst unschlüssig stehen geblieben.

„Bernd hat einen tollen Film gedreht. Er wollte dich um deine Hand bitten, Anka. So glaub mir doch. Sag, dass das nicht wahr ist. Sag, dass du das nicht getan hast."

Aber Anka hatte die Pistole rausgeholt: „Alles Lüge. Du lügst doch nur."

Sie hatte die Pistole auf sie gerichtet und geschossen. Claire hatte sie ungläubig angeschaut, bevor sie getroffen zu Boden fiel. Selbst im Liegen sah sie Anka noch an. Das Blut schoss aus ihrer Brust heraus. Wie ein Pulsschlag. Claire hatte noch mal abgedrückt. Damit diese Augen endlich erloschen. Dann war sie gegangen.

Anka spürte die Pistole in ihrer Tasche. Zwei Kugeln waren noch drin. Das sollte reichen.

Ich rieche sein Haar

Ich kuschele mich noch einmal an ihn.

Ich weiß, es ist bald Zeit zu gehen. Zur Tür hinaus auf die Straße, immer weiter bis zur U-Bahn und danach noch ein kurzes Stück zu Fuß, um meine Wohnung zu erreichen. Ich werde die Tür aufmachen, meine Jacke aufhängen, mich hinsetzen, vielleicht noch ein Glas Wein trinken. Ich werde die Wand anstarren und ihn vermissen, weil ich ihn nie wieder sehen werde.

Michael weiß es noch nicht. Er ahnt es nicht einmal. Ich sehe es ihm an. Seine Augen blicken glücklich in die meinen. Er liegt neben mir, reckt sich ein wenig und küsst meinen Hals.

Er glaubt zu wissen, wie ich mich fühle. Er spürt den Schauer, der durch meinen Körper geht, aber er belässt es dabei.

Er spielt mit mir, weil er denkt, ich bleibe heute Nacht hier oder komme morgen wieder, um das Spiel weiter zu spielen.

Ich rieche sein Haar und schließe die Augen. Versuche den Duft, seinen Duft, in Erinnerung zu behalten.

Er lächelt mich an. So sicher.

Dabei ist nichts sicher in meiner Welt, die nicht seine ist.

Michael wird nie erfahren, dass ich aus Liebe zu ihm gehen werde.

Ich bin gesehen worden. Gestern. Ich habe seine Nähe sofort gespürt. Ein kurzes Aufstellen der Nackenhaare, das Bewusstsein, dass etwas nicht stimmt. Es war nur ein kurzer Augenblick, aber Frank hat mich sofort erkannt.

Er stutzte einen Moment. Der Moment, der mir das Leben rettete.

Die Tür der Straßenbahn ging zu und Frank stand noch draußen. Er hat mich angelächelt. Es war ein kaltes, siegessicheres Lächeln gewesen.

Er freute sich. Frank sagte mir mit seinem Blick: „Wo du auch bist, meine Liebe, ich finde dich."

Immer!

Er findet mich. Und wenn ich leben will, darf das nicht passieren. Ich muss wieder verschwinden. In eine andere Stadt, mit einem neuen Beruf. Vielleicht einem neuen Michael.

„Alles in Ordnung mit dir, Barbara?"

„Alles in bester Ordnung, Michael", log ich.

Lügen konnte ich gut: „Wo kommen Sie her Frau Kleinschmidt? Was haben Sie vorher gemacht? Nicht verheiratet, so? Keine Kinder? Mhm."

Nein, Kinder habe ich keine mehr. Sie leben jetzt bei einem anderen Ehepaar. Es sind nicht mehr meine Kinder. Es geht ihnen gut. Sie vermissen mich nicht. Ich gehe daran zu Grunde, aber Hauptsache, sie sind sicher. Verheiratet bin ich nicht. Nein. Ich bin geschieden.

Ich komme aus einem kleinen lauschigen Ort in Ostwestfalen. Meine Eltern leben noch dort und ein paar meiner alten Freunde. Manchmal sehe ich sie, heimlich, unter allen Vorsichtsmaßnahmen.

Warum bin ich nicht informiert worden? Warum hat mir niemand etwas gesagt? Waren ganz erstaunt, als ich anrief. Sie hatten mich vergessen. So, wie ich auch vergessen hatte, wer ich eigentlich bin.

Das Urteil für Kindesmisshandlung, Totschlag und versuchtem Totschlag an der Ehefrau hatte „Lebenslang mit besonderer Schwere der Schuld" gelautet. Er hätte mindestens zwanzig Jahre hinter Gitter gemusst. Vielleicht auch für immer.

Sieben Jahre waren erst vergangen. Seine Brüder und er hatten geschworen, mich umzubringen. Ich hatte ihn und alle anderen verraten und sein Alibi auffliegen lassen, als ich hörte, worum es ging: Eine Frau war bei einem Überfall als Geisel genommen, vergewaltigt und anschließend getötet worden und er war es gewesen. Ich wusste es. Die Mosaiksteinchen fügten sich zusammen: Die im Hof verbrannte rote Hose und Jeansjacke, die Reinigung des Wagens, stundenlanges Duschen und anschließend die Bitte, ihm ein Alibi zu geben. Er hätte Scheiße gebaut: einen Einbruch. Nicht der erste, den er zusammen mit seinen Brüdern verübt hatte. Aber meistens sagte er es mir nicht. Ich ahnte es nur. Ich versprach es ihm bis zu dem Augenblick des Erkennens.

Es stand in den Zeitungen: Zeitpunkt, Uhrzeit, Bilder von ihr, die Kleidung.
Ich sagte es ihm und er ging auf mich los. Brutal. Er schlug mich bis zur Bewusstlosigkeit, ließ dann von mir ab und verschwand.
Als ich zu mir kam, nahm ich meine Kinder, schleppte mich zur Polizei und erzählte ihnen alles.
Sie fanden ihn in seiner Stammkneipe, er feierte gerade meinen Tod.
„Bist du sicher, meine Liebe, dass alles in Ordnung ist?"
„Ja, Michael. Du, ich muss jetzt gehen. Ich liebe dich. Vergiss das nicht."
„Warum sollte ich das vergessen? Und wenn, dann sagst du es mir morgen noch einmal. O.K.?"
„Mach ich, ja. Bis morgen."
Ich rieche sein Haar. Ein letztes Mal.

Als Lisa wartete...

„Ich haue dir eins in die Fresse. Mir reicht es!"

Seine Faust traf. Sie hatte sie nicht kommen sehen. Nur gespürt. Der Schmerz wurde sofort vom nächsten ersetzt. Ein Tritt in ihren Magen. Sie prallte gegen den Schrank und stürzte zu Boden. Schnell legte sie schützend die Arme vor ihren Kopf. Sie schmeckte Blut, es rann in ihre Augen. Der nächste Tritt folgte.

„Hör auf. Hör auf. Es tut mir leid. Ich werde es nie wieder machen. Glaube mir. Ich bin jetzt immer da, wenn du nach Hause kommst."

Die Antwort: Ein Tritt. Sie wich weiter zurück und duckte sich an die Seite eines Schrankes. „Komm her du Schlampe. Verkriech dich nicht. Ich bin noch nicht fertig mit dir."

Sie hörte dieses Geräusch. Ihr Magen verkrampfte sich. Dieses Geräusch. Der Gürtel. Nein. Nicht den Gürtel. Die alten Narben waren noch nicht verheilt. Würden wieder aufplatzen.

„Ich hau ab", schrie sie. „Ich gehe. Ich verlasse dich!"

Er griff ihren Arm, zog sie weg, zerrte sie hoch und schleifte sie in den Flur.

„Du gehst nirgendwo hin. Eher bring ich dich um. Und das weißt du."

Wo wollte er mit ihr hin? Die Kellertür. Nein, nicht in den Keller. Nein. Niemand würde sie da hören.

Er machte das Licht an. Durch ihre verklebten Augen sah sie den Türrahmen und den davor stehenden Schuhschrank. Die Schublade war ein Stück auf. Sie hielt sich fest.

„Lass los, du Hure."

Sie krampfte ihre Finger in das Holz, schrie um Hilfe. Vielleicht hörte sie ja wieder der Nachbar. Er hatte schon mal Hilfe geholt.

Er zerrte an ihrem Körper, glitt aber diesmal an ihrem Nylonpullover ab und geriet ins Straucheln. Das war ihr Moment.

Sie drehte sich um, hob ihr Bein und trat zu.

Er versuchte noch nach ihr zu greifen, aber schnell ging sie einen Schritt zurück. Er griff ins Leere, verlor sein Gleichgewicht, kippte nach hinten und blickte sie im Fallen ganz erstaunt an. Dann ein Schrei, krachen, splittern. Stille.

Sie lauschte. Hörte nichts. Rieb sich die Augen. Ging dann Stufe für Stufe hinunter. Blieb wieder stehen, lauschte. Nichts. Eine Stufe knarrte und sie rannte vor Schreck wieder hoch. Lief in die Küche, holte sich ein Messer und ging zurück. Die Treppen runter, bis sie ihn sah. Er lag am Ende der Stufen. Es sah aus, als ob er schlief.

Sie hatte Angst. Angst, dass er noch lebte.

Sie würde jetzt warten. Hier auf der Stufe. Warten bis sie sicher gehen konnte, dass er tot war. Wenn es sein muss, bis morgen Abend oder übermorgen oder nächste Woche. Sie hatte schon so lange gewartet.

Der Nachbar

Er geht gerade aus dem Haus. Ich ziehe die Gardinen wieder zurück.

Was soll ich nur tun? Fast jeden Tag sehe ich ihn. Er sieht gut aus. Viel zu gut. Und er weiß es. Mit jeder Faser seines Körpers zeigt er es uns. Er ist verheiratet natürlich. Solche Männer sind nicht lange auf dem Markt. Ich stehe auch nicht mehr zum Verkauf. Zumindest im Moment nicht. Eigentlich habe ich es ganz gut getroffen. Er liebt mich, vergöttert mich fast. Er verdient gutes Geld. Sonst könnten wir nicht in dieser schönen Neubau-Wohngegend wohnen. Wir fahren zweimal im Jahr in Urlaub. Ich brauche nur halbtags arbeiten zu gehen. Ich zeige damit meinen guten Willen, auch etwas dazu zu tun und nicht nur zu Hause zu sitzen. Außerdem habe ich dadurch eine gute Entschuldigung für unsere Putzfrau. Schließlich kann ich ja nicht alles machen. Nachmittags kümmere ich mich um mich. Frisör, Kosmetik, Sport und Maniküre sind meine Hauptausflugsziele. Schließlich will ich ja gut aussehen. Nicht nur für meinen Mann, obwohl er es wahrscheinlich kaum bemerkt. Der Arme muss viel arbeiten. Und oft, wenn er spät abends nach Hause kommt, legt er sich auf die Couch, trinkt einen Whisky und schläft rasch ein. Ich finde das in Ordnung. Mir macht das nichts aus. Schon lange nicht mehr. Das ist mir lieber, als wenn er mich mit seiner Arbeit nervt: Hoch- und Tiefbau. Es ist so enorm langweilig, dass ich über jeden Abend froh bin, an dem er mich verschont. Er kennt nichts anderes mehr.

Die Langeweile hat von ihm Besitz ergriffen. Ich weiß nicht genau wann. Plötzlich, eines Tages ist er wach geworden und ihm war langweilig. Das kam so peu à peu. Manchmal im Urlaub, nach ein paar Tagen, da kommt der junge Kerl zum Vorschein, den ich mal geliebt habe. Dieser unnachahmliche Humor, dieses Blitzen in den Augen. Aber es hält nicht lang.

Unser Leben ist friedlich. Ich habe das, was ich mir immer gewünscht habe: Geld, ein Haus, gesellschaftliches Ansehen, einen lieben treuen Ehemann.

Es klingelt. Ob der Postbote schon kommt? Ich öffne die Tür und er steht vor mir. Nicht der Postbote, nein, er: Unser Nachbar. Er fragt mich etwas. Aber was? Er wiederholt es: „Guten Morgen, Frau Nachbarin. Ich wollte nur fragen, ob Sie eine Zeitung bekommen haben. Wir haben jetzt schon zwei Tage hintereinander keine erhalten."

„Nein." rufe ich übertrieben entsetzt. Warum kann ich nicht sagen. Auch die nächsten Worte kommen eindeutig nicht von mir. Ich mache so etwas nicht. So was ist tabu. „Kommen Sie rein und lesen sie doch unsere. Mein Mann ist bereits im Büro."

Er stutzt einen kurzen Moment. Dann blickt er sich um, kommt herein und schließt die Tür hinter sich.

Ich drehe das Radio lauter. Sie spielen „Stay with me" von INXS. Ein Zufall?

Er stellt seine Aktentasche an die Seite und zieht mir meinen Morgenmantel aus. Er küsst meinen Hals, meinen Busen, kniet sich vor mich, umschlingt mich. Kurze Zeit später liegen wir auf der Couch. Es ist animalisch. Unglaublich. Hier jetzt und heute weiß ich, ich werde gehen. Wenn nicht mit ihm, dann mit einem anderen, oder allein. Ganz egal. Ich werde gehen. Ich werde mich nicht mehr dafür bezahlen lassen, dass ich da bin. Ich werde diesen schönen Käfig der Ruhe und des Friedens verlassen und in den Krieg ziehen.

Ein Meer aus Rot

Aus den Boxen klingt Sting. Laut und klar. Sie haben gute Boxen hier.

Lara hatte es so gewollt. Es war ihr Lieblingslied. "Sacred Love" - Heilige Liebe. War es das, was sie sich immer gewünscht hatte? Reine, unschuldige Liebe?

Ich lächele und stelle mir Lara vor, wie sie nach der Musik zu diesem Lied tanzt, ganz entrückt. Ihr schwarzes, lockiges Haar fällt ihr ins Gesicht, verdeckt ihre tiefblauen Augen, die in die Welt schauen, als wäre sie nur zu Gast bei uns; nicht dauerhaft hier.

Eine entfernte Verwandte verzieht das Gesicht. Empört sich ein wenig wegen der ungewöhnlichen Musik.

Ich schaue meine Mutter an. Ihr Gesicht, eine Maske - aus Beton gegossen, wie ihr Herz.

Als wir noch kleiner waren, hatte Lara mir erzählt, dass jeder Mensch ein Herz hat, welches uns am Leben hält, und dass man auch sagt, die Gefühle kämen daher. Lara meinte, unsere Mutter hätte bestimmt keines. Darüber haben wir gelacht.

Später an diesem Tag gingen wir zu der Baustelle gegenüber und haben zum Spaß, als keiner aufpasste, unsere Fußabdrücke in den frischen Beton der neuen Gehwege gesetzt. Sie sind noch heute zu sehen.

Vater ist auch da. Er sitzt weiter hinten und weint. Er ist mir fremd. Vorhin kam er auf mich zu, aber ich hab mich abgewandt. Ich will nichts mit ihm zu tun haben. Er war nie da für uns. Er ist gegangen, als wir noch klein waren.

Ich weiß noch, wie Lara geweint hat. Oft saß sie lange am Fenster und wartete auf ihn.

Wenn die Klingel ging, rannte sie als Erste zur Haustür, in der Hoffnung, er wäre es. Aber er kam nicht mehr.

Mama haute ihr jedes Mal eine rein. Lara war das egal.

Mir hat er nicht gefehlt. Ich hab ihn immer nur gehasst, weil er uns mit Betonherz-Mutter allein gelassen hat und gegangen ist – weil er nicht einmal wiederkam und fragte, wie es uns ging.

Es sitzen viele Leute hier. Lara war sehr beliebt.

Alle wollten Lara. Schon früher war es so: Lara war hübscher, Lara lachte schöner, Lara hatte so bezaubernde Augen. Lara! Lara! Lara!

Ich dagegen: die karottenroten, widerspenstigen Haare meines Vaters und die farblosen, schmalen Augen meiner Mutter. Mein Lachen nicht annähernd so bezaubernd. Andere Schwestern wären unglücklich gewesen. Ich nicht.

Ich nicht! Und doch, geliebte Lara, und doch wünsche ich mir jetzt, ich wäre die Schönere von uns gewesen. Ich war stets stärker als du. Ich hätte vielleicht damit umgehen können. Irgendwie!

Aber jetzt freue ich mich für dich. Ja, ich freue mich. Du hast es geschafft!

Ich war nicht für dich da, ich war nur froh, dass alle dich wollten und nicht mich, dass Mutter mich in Ruhe ließ. Ich dachte immer, du bist doch die Ältere. Du musst dich wehren. Deine verzweifelten Blicke übersah ich.

Ich habe dir nicht geholfen, aber du, du hast dich jetzt selbst befreit.

Und wie du es getan hast! Bewundernswert: Vor den Augen unserer Mutter. Hast sie überwältigt, an den Sessel gefesselt und in das Gästezimmer gezogen. In das Zimmer, in das du immer gehen musstest, mit den Männern, die nur dich wollten. Mit den Nachbarn, Arbeitskollegen und später auch fremden Kerlen. In diesem Zimmer, auf diesem Bett, hast du dir die Pulsadern aufgeschnitten, und sie musste zusehen, wie du langsam verblutet bist.

Ich hab euch beide gefunden, geliebte Lara: Mutter bewusstlos und dich in einem Meer aus Rot.

Du hast Rot geliebt. Ich weiß.

Mutter spricht seitdem nicht mehr. Kein Wort.

Ich habe deinen Abschiedsbrief gelesen und alles so gemacht, wie du es wolltest. Man wird sie bestrafen. Lara! Alle! Ich gebe ihre Namen morgen an die Polizei.
Jetzt läuft von Silence 4: "Only pain is real". Ein Musikwunsch von mir.
Und wenn alles erledigt ist, werde ich endlich das machen, was ich nie getan habe:
Bei dir sein.

Für Dich

Ganz ruhig sitzt sie am Küchentisch.

Die Tür ist zugefallen. Laut. Wird nicht mehr geöffnet. Von ihm.

Seine Zigarette verglüht im Aschenbecher, in der Küche läuft das Radio. Irgendjemand schreit im Hausflur einen anderen an. Draußen dröhnt ein LKW. All das nimmt sie am Rande wahr. Langsam dringen Wortfetzen aus dem Radio zu ihr durch: „Für dich schiebe ich die Wolken weiter, sonst siehst du den Sternenhimmel nicht. Für dich dreh´ ich so lang an der Erde, bis du wieder bei mir bist. Für dich mach ich jeden Tag unendlich. Für dich bin ich noch heller als das Licht. Für dich wein´ und schrei und lach und leb ich und das alles nur für dich."

Sie fängt an, hysterisch zu lachen.

Sie lacht und lacht, bis alle Zurückhaltung zusammenbricht und sie endlich anfängt zu heulen. Es schmerzt, es tut weh, es zerreißt sie.

Wieso ist er gegangen?

Nie wieder soll sie ihn berühren, ihn nie wieder küssen, nie wieder seinen Geruch einsaugen?

Sie blickt auf ihr Handy. Keine Nachrichten mehr von ihm. „Ich vermisse dich. Ich küsse dich."

Nina steht auf, geht ans Fenster. Schiebt die Gardine zur Seite. Sieht hinaus. Bestimmt kommt er gleich wieder; überlegt es sich noch mal.

Sie wartet. Zeit hat aufgehört zu existieren. Sie ist in einer Luftblase.

Er wollte heute mit ihr reden, hatte er ihr am Telefon gesagt. Sie wusste nicht warum, aber sie hatte etwas geahnt und gleich ihre Freundin Claudia angerufen.

„Du, Kevin will mit mir reden. Ich habe ein seltsames Gefühl. Worüber wohl?"

„Habt ihr Probleme?"

„Ach, ich habe dir ja erzählt, dass er in letzter Zeit oft komisch war, anders, irgendwie abwesend. Aber ich hab dafür stets einen Grund gefunden: der Stress auf der Arbeit, das Wetter. Ach, was weiß ich. Was meinst du? Du kennst ihn doch auch ein wenig."

„Süße, ich hab es dir gleich gesagt: Frauen und Männer passen einfach nicht zusammen."

„Sag mir mal was Neues und vor allem: Sei mal nett."

„Süße, ich bin nett, weil ich dich aufkläre. Du ewig mit deinen romantischen Ansichten. Liebe ist ein biochemisches Gewitter. Erst knallt es ganz heftig und kurz, und danach kommt das große Aufräumen."

„Ach Claudia, du bist ja komplett desillusioniert. Was sagen denn deine Psychologiedozenten dazu?"

„Bist du verrückt, auf der Uni erzähl ich auf keinen Fall irgendwas von mir."

Sie hatten kurz gelacht und dann aufgelegt.

Als es soweit war, er im Flur stand und ohne eine Umarmung und einen Kuss an ihr vorbei in die Küche ging, da wusste sie, was kommen würde.

Ängstlich sah sie in seine grünen Augen mit den wundervoll langen Wimpern, die sie von Anfang an angezogen hatten. Sah diesen süßen Mund, den sie unzählige Male geküsst hatte.

„Was ich dir nun sage, Nina, wird dich schocken."

Am liebsten hätte sie sich sofort die Ohren zugehalten und laut: „Lalala lala" gesungen, aber das war das Verhalten eines Kleinkindes.

Sie spürte, wie sich ihr Magen verkrampfte und ihr Herz laut klopfte. Ihr Atem ging stoßweise. Bitte! Nein! Bitte sag was anders!

„Ich ... ich liebe dich nicht mehr, Nina. Bin mir unsicher, ob ich es wirklich je getan habe. Es war schön, wir haben uns gut verstanden, aber ...!" Die Worte drangen zu ihr durch, aber es war als spräche er eine andere Sprache.

Sie musste noch mal nachfragen. Musste sicher gehen, was er gesagt hatte: „Wie, gut verstanden? Wir waren glücklich! Es lief toll, alles lief super! Wir haben uns glänzend verstanden, hatten genialen Sex! Wir sind das Dreamteam. Wieso liebst du mich nicht mehr? Wieso meinst du, du hast mich nie geliebt? Haben wir in zwei verschiedenen Welten gelebt? "

Da hatte er angefangen zu heulen und gesagt, es täte ihm furchtbar leid, und sie sei ja eine wunderbare Frau und er, er sei ein Arsch und sie hätte Besseres verdient.

Wie viel Hoffnung hatte sie in diese Beziehung gesetzt. Sie hatte zu Anfang erst Angst gehabt und dann später alle Bedenken über Bord geworfen und sich total in ihn verliebt, Pläne geschmiedet, an die Zukunft gedacht. Geglaubt, er wäre es endlich.

Und nun saß er da und heulte und sie saß da und starrte ihn an. Sie wollte, dass er blieb und wollte, dass er ging.

Dann riss sie sich zusammen: „Geh, bitte."

Er hatte sie in den Arm genommen, fest gedrückt und war gegangen.

Sie setzt sich wieder an den Küchentisch und zündet eine Zigarette an. Aber auch diese verqualmt im Aschenbecher. Sie sitzt auf ihrem Stuhl. Gelähmt. Geschockt. Sie muss raus, muss irgendetwas tun, bevor sie durchdreht.

Sie steigt in ihr Auto und fährt los. Ohne Ziel. Irgendwohin, durch fremde Straßen, mal langsam, dann wieder schneller. Aus ihrer Anlage tönt die laute krachende Musik von Korn. Bloß keine Liebeslieder. Sie fährt stumpf, ohne etwas wahrzunehmen.

Nach ein paar Stunden macht sie kehrt und fährt zu ihrer Freundin. Claudia muss sie trösten.

Nina steigt aus, schließt den Wagen ab und zuckt zusammen. Hatte sie Halluzinationen? Das war gerade Kevins Lachen. Da wieder, das war seine Stimme!

Schnell klettert sie wieder in ihren Wagen und kurbelt die Fensterscheiben runter. Vorsichtig versucht sie, durch die Scheiben etwas zu erkennen.

Sie entdeckt Kevin in zirka fünfzehn Meter Entfernung auf der anderen Straßenseite. Er steht vor Claudias Haustür, die geöffnet ist. Ruft etwas und grinst. Dann kommt Claudia aus der Tür. Sie hält Post in der Hand, steckt sie in ihre Tasche und geht zu Kevin.

„Ich hätte nicht gedacht, dass du es wirklich tust, Liebling."

„Für dich schiebe ich die Wolken weiter, mein Herz. Du bist die Liebe meines Lebens."

Nina sieht, wie Claudia ihre Arme um Kevins Körper legt und ihn anstrahlt. Kevin küsst sie. Lange und intensiv. Er hält sie fest und hebt sie hoch.

Nina weiß, wie ihre Freundin geküsst wird. Fordernd und erotisch, warm und zärtlich zugleich.

Die beiden gehen in die andere Richtung. Nun überqueren sie die Straße.

Hand in Hand.

Nina startet den Motor, und gibt Gas.

„Für dich! Für immer und dich!", schreit sie. „Mach ich den Tag unendlich!"

Der Wagen nimmt beide frontal. Sie haben keine Chance. Anschließend legt Nina den Rückwärtsgang ein und dann wieder den ersten. Sie fährt vor und zurück und vor und zurück.

Schließlich schaut sie auf die vor ihr liegende Allee. Kein Mensch ist zu sehen. „Makellos", denkt sie.

Dann kichert sie verwirrt, gibt Gas und fährt. Irgendwohin. Ohne Ziel.

George Clooney

Er sah richtig gut aus. So gut wie - ja fast so gut wie George Clooney. Na ja, aber auch nur fast. Auf dem Bücherflohmarkt hatte er plötzlich neben ihr gestanden und sie angesehen. Danach war er nicht mehr von ihrer Seite gewichen und stets in ihrer Nähe geblieben. Er hatte in die gleichen Bücherkisten geschaut, ihr einmal sogar eins vor der Nase weggeschnappt.

Bei einem anderen war sie schneller gewesen. „Hey, das wollte ich mir gerade kaufen", hatte er dabei zum ersten Mal das Wort an sie gerichtet.

„Zu spät."

Sie lächelten sich an und gingen von da ab zusammen über den Markt, so als ob es selbstverständlich wäre. Seine anziehende Stimme faszinierte sie. Sah er sie an, spürte sie ein Kribbeln tief in sich, das sich nicht kontrollieren ließ und sie nervös machte. Nach außen aber blieb sie ruhig und genoss seine Nähe und Aufmerksamkeit.

Zwischendurch fragte sie sich, was sie hier tat, aber etwas in ihr wollte in diesem Moment unvernünftig sein.

„Hast du vielleicht Durst?"

Leonie nickte. Sie gingen zu einem freien Tisch und sie setzte sich so, dass sie die Reinoldikirche im Blick hatte. Sie mochte diesen Anblick. Viel mehr jedoch den ihres Gegenübers. Der Kellner kam und sie zuckte zusammen, so sehr war sie in Gedanken vertieft.

„Na, mit den Gedanken woanders?"

„Erwischt", log sie und zwinkerte ihn verschmitzt an.

Dann unterhielten sie sich. Er hatte eine interessante Art, Dinge zu erzählen. Stets leicht pointiert. Charmant. Sie fragte ihn nach seiner Arbeit.

„Ich bin jetzt Restaurator, komme viel herum. Zurzeit arbeite ich an der Reinoldikirche."

„Hier?", fragte sie erstaunt. „An unserer Kirche?"
„Ja, ich habe einen Auftrag für zirca zwei Jahre. "
„Unsere Reinoldi. Ich liebe diese Kirche. Sie ist ein echtes Schmuckstück."
„Das stimmt, sie ist wunderschön."
Er schaute dabei Leonie an und es dauerte ein paar Sekunden, bis ihr aufging, dass er sie meinte. Sie errötete. Dann erzählte er, dass er gerade aus dem Norden kam: „Hooksiel, ein kleines Kaff am Jadebusen. Ich hab' dort ein kleines Häuschen gekauft, einen halben Kilometer vom Meer entfernt. Ich bin wegen meines Berufes viel unterwegs, da brauch' ich manchmal Ruhe."
Sie hatte sich geschworen, es nicht zu tun, aber sie musste es wissen: „Und deine Frau, oder Freundin, was sagt sie dazu, dass du soviel unterwegs bist?"
„Ich hab' seit drei Jahren weder eine Frau noch eine Freundin. Ich weine immer noch meiner großen Liebe hinterher, die mich verlassen hat." Dabei sah er verlegen zu Boden.
Leonie verzog die Augen zu Schlitzen und atmete tief durch.
Nach einer kurzen Pause, die beiden unendlich lang erschien, redeten sie weiter: Über Politik, Geschichte, die Bücher, die sie gekauft hatten, über - Leonie konnte nicht mehr sagen, über was sie alles geredet hatten. Irgendwann stellten sie fest, dass die Markthändler einpacken.
Sie rückte den Stuhl zurück. „Ich muss jetzt gehen, Mark."
„Ja, ich weiß."
Sie rückte den Stuhl wieder etwas näher heran. „Ein kleines Bierchen noch und dann gehe ich wirklich. "
„Ja, ein letztes."
Sie schwiegen. Das Bier kam, er bezahlte und sie schwiegen immer noch. Dann ergriff er endlich das Wort: „Weißt du, es war ein herrlicher Nachmittag mit dir, Leonie. Meinst du wir beide, also du und ich, meinst du wir, also …". Er holte tief Luft und nahm ihre Hand: „Meinst du wir sehen uns noch mal?"
Sie schüttelte den Kopf. Viel zu heftig. Sie holte Luft und ihr wurde ganz schwindelig.

Hier saß der Mann, den sie wollte. Er konnte gut zuhören, teilte die gleichen Hobbys, war interessant und charmant, sie liebte ihn. Immer noch.

Sie sah Mark an und verlor sich in seinen Augen. Doch nur für einen Wimpernschlag.

Sie konnte das nicht noch einmal tun.

Ohne ein weiteres Wort stand sie auf und ging die Treppen hinunter zur Bahn.

Vier Minuten noch. Sie stand da und blickte zurück.

Warum konnte sie nicht noch mal von vorne anfangen? Was hatte sie zu verlieren?

Plötzlich stand Mark neben ihr und nahm ihre Hand. „Ach, mein Herz, bitte verzeih mir doch endlich! Ich vermisse dich so sehr. Ich werde immer verrückt, wenn ich unser Lieblingslied höre." Und dann sang er: „,Ich bin hier, weil ich hier hin gehör'. Von Kopf bis Fuß bin ich verliebt."

Leonie atmete tief durch. Er sang weiter: „Glaubst du wie ich daran, dass alles gut sein kann, solange wir zusammen sind? - Bitte, ich hab es schon tausend Mal bereut. Sie hat mir nie was bedeutet. Es ist jetzt schon so viele Jahre her. Ich hatte nur die eine Nacht mit ihr. Leonie, ich liebe dich. Immer nur dich! Verzeih mir doch endlich. Gib mir wenigstens deine neue Telefonnummer. Bitte! Komm, lass es uns doch noch mal versuchen."

Die U 43 näherte sich lärmend, sie zog ihre Hand aus der seinen, stieg in die Bahn und schaute nicht mehr zurück.

Like The Way I Do

Lächerlich, einfach nur lächerlich. Die wissen doch gar nicht, worum es geht! Sind da auf der Tanzfläche, bewegen sich nach dem Lied, aber ich sehe es ihnen doch an: Für die ist das nur irgendein Lied.

Unbegreiflich. Wie kann man einfach so tanzen, ohne zu wissen, was gesungen wird? Teilweise sogar den Text mitsingen, womöglich noch falsch und dabei nicht zu spüren, was dahinter steckt. Das ist so oberflächlich. Es sind alles nur Dummköpfe. Blöde Hohlbirnen.

Ich beneide sie. Ja, ja ich beneide sie um ihre Einfachheit. Habe das schon immer gemacht. Ach, wäre ich doch auch so! Kein Grübeln, das nie weggeht, keine Gedanken, die sich einschleichen wie Ameisen bei sandigem Boden. Einen zermürben - durchsieben.

Hört doch zu: *Tell me does she love you, like the way I love you? Does she know just how to shock you, electrify and rock you?*

Wie kann man dabei nur einfach so tanzen, als ob es irgendein Lied wäre?

Ich denke dabei nur an dich. Immer noch!

Ich habe es dir vorgespielt, manchmal, wenn wir alle zusammen waren und dann heimlich und verlegen zu dir rüber geschaut. Du musst es gehört haben! Einmal habe ich es dir aufgenommen – als Zugabe- vorher war, glaub ich, was von Skunk Anansie, die mochtest du. Und dann zum Abschluss habe ich das Lied von Melissa Etheridge draufgepackt.

Du hast nie was dazu gesagt. Nicht ein Wort. Ich hab mich nicht getraut, dich zu fragen. So, wie ich mich nie getraut habe, dich überhaupt anzusprechen. Und wenn du mich ansprachst, war ich wie ein Toaster, in dem das Brot stecken bleibt. Innerlich überhitzt und nichts kam raus.

Du warst so schön. Ich weiß, niemand auf unserer Schule hat das so gesehen wie ich. Niemand hat deine Anmut so erkannt wie ich. Du sahst nicht nur gut aus, du strahltest von innen. Warst eine eigene Energiequelle.
Oft bist du mit komischen Typen zusammen gewesen, einige haben dich schlecht behandelt.

Jahre später trafen wir uns im „B 52s" wieder. Und hast gelächelt, als du mich erkannt hast. Du warst betrunken. Irgendwann lief *„Like the way I do"*, es musste so kommen und ich fragte dich, ob du mit kommst zum Tanzen. Ich hatte nicht damit gerechnet, aber du sagtest zu mir: „Mensch, Jens, das hast du mir doch damals aufgenommen. Ja klar, ich komme mit."

Wir tanzten und ich sah dich die ganze Zeit an und sang den Text Wort für Wort mit: *„Nobody needs you, like the way I do, nobody wants you, like the way I do.*
Nobody else!"

Ich erklärte dir endlich meine Liebe. Ich war mutiger geworden. Ich war nicht mehr der schmächtige Junge von früher, den niemand beachtete. Ich hatte studiert, stand kurz vor dem Abschluss. Mein Job war mir schon sicher. Ich sah mittlerweile auch besser aus. Das Gewicht hatte sich meiner Körpergröße angepasst, ich war nicht mehr so schlaksig und unbeholfen, denn ich trieb Sport. Ich machte was her.
Aber jeden, der sich mir näherte, verglich ich mit dir und niemand hielt dir stand.
Nobody.
Ich habe so oft an dich gedacht, und -zig mal überlegt, wie ich mit dir Kontakt aufnehmen, wie ich dich wieder finden könnte.
Und dann standest du endlich vor mir, flippig, ausgelassen wie immer. Lachtest mich an und plötzlich sah ich in deinem Lächeln, in deinen Augen, dass du es wusstest. Dass du dich amüsiertest, jetzt und anscheinend schon immer, über mich und meine Liebe zu dir.

Ich fühlte mich plötzlich wie rausgerissen, hochgewirbelt, bodenlos.
Ich sah dich an. Fassungslos.
Niemand, Mark, wird dich je wieder so lieben, wie ich es getan habe!
Nobody loves you, like the way I do.
Und dann ging ich, ohne mich noch einmal umzusehen.

Das Haus

Suzan wirbelte in ihrem Drehstuhl herum und grinste. Sie war frei! Endlich weg von zuhause, weg von den Eltern. Sie konnte ihr Glück kaum fassen. Nicht nur, dass sie eine eigene Wohnung hatte, sie lag auch noch am Innenhafen. „Hier ist voll krass das Leben!", hatte ihre Mitstudentin Lynn geschwärmt. Sicherlich, 32 m² waren nicht das Maß aller Dinge, aber ihr schienen sie, wie ein ganzes Königreich. Sie hatte eine Kochnische mit einer Spüle und einem Herd, einen geräumigen Wohnraum, ein winziges Schlafzimmer, in das mit Ach und Krach ihre Matratze hineinpasste und ein noch kleineres Bad, in dem man sich, wenn man auf der Toilette saß, gleichzeitig die Zähne über dem Waschbecken putzen konnte, wenn man denn wollte.

Noch war alles sehr spartanisch, aber zu Weihnachten würde sie einen weißen Esszimmertisch mit vier Stühlen von ihren Eltern bekommen und von ihrer Tante ein Regal und von ihrem Bruder einen Schrank für ihre Anlage. Zurzeit hatte sie ihren alten Schreibtisch als Esstisch und ihren alten Drehstuhl als einzige Sitzgelegenheit. Suzan stand auf und blickte in den Garten, der sich hinter dem Haus befand. Dann stutzte sie. Ein etwa gleichaltriges Mädchen, mit schwarzen langen Haaren, und einem roten Wintermantel bekleidet, saß in dem großen Baum. Als ob sie Suzan bemerkt hätte, drehte sie jetzt den Kopf zu ihr und starrte sie aus leeren Augen an. Verwirrt sah Suzan weg. Was machte ein Mädchen bei dieser Kälte auf dem Baum? Warum kletterte sie überhaupt hinauf? Und dann dieser Blick! Suzan schüttelte sich.

Das Handyklingeln riss sie aus den Gedanken. Es war ihre Mutter. Bis jetzt war noch kein Tag vergangen, an dem ihre Mutter nicht angerufen hatte oder vorbei gekommen war. Da hätte sie doch gleich zu Hause bleiben können. Sie verspürte zwar keine Lust, ging aber trotzdem dran. Nicht, dass ihre Mutter gleich vor der Tür stand.

„Ja, Mama, nein Mama. Nein Mama, ich hab noch nicht eingekauft. Nein, den Flurplan hab ich auch noch nicht. Ja, Mama, ich kümmere mich heute darum. Ja, ich dich auch ... Nein, du brauchst morgen nicht wieder anzurufen."

Suzan seufzte. Flurplan, wischen, sauber machen, einkaufen. Alleine wohnen hatte auch viele Nachteile. Aber das Positive überwog bei weitem! Sie ging in die Hocke, machte die Kerze auf diesem absolut scheußlichen Adventskranz aus, den ihre Mutter mitgebracht hatte, zog sich eine Strickjacke über, öffnete die Tür und ging hinaus, die Treppen runter.

Fünf weitere Parteien wohnten in dem Haus.

Wo sollte sie anfangen? Am besten Erdgeschoß rechts. Monier stand auf der Klingel. Sie drückte den Knopf. Eine Tür öffnete sich und ein Mann in verknitterter Kleidung, so um die fünfzig, mit Vollbart stand vor ihr. Suzan legte los: „Guten Tag, ich heiße Suzan Bund, ich bin oben in die Dachgeschosswohnung eingezogen und wollte... „

Weiter kam sie nicht, denn die Tür wurde ihr vor der Nase zugemacht.

Verdutzt blieb sie erst unschlüssig stehen, dann ging sie weiter. Nächster Versuch. Unten links: Schneider. Sie klingelte, ein Hund bellte, sonst tat sich aber nichts.

Ok, Treppe hoch, 1 Etage links: Fuchs. Suzan läutete, nach kurzer Zeit öffnete sich die Tür und eine ältere Frau in einem grünen Hausanzug erschien. Suzan blickte sie an und erschrak: In den Augen der Frau lag eine unendliche Traurigkeit.

„Äh, Guten Tag, meine Name ist Suzan Bund, ich bin oben in die Wohnung eingezogen und ich wollte mich vorstellen."

Die Frau sagte nichts und blickte sie fast leblos an. Suzan wurde immer verlegener.

„Äh, also meine Mutter hat gesagt, ich soll mal fragen wegen dem Putzplan. Also, den Flur, also wann ich den putzen muss. Können Sie mir da helfen?"

„Komm rein", sagte die Frau, drehte sich um und Suzan folgte ihr. Viele Gerüche strömten auf einmal auf sie ein: Es roch nach Erbsensuppe und irgendwie auch muffig und nach Bier, und

Duftkerzen und frischem Grün.

„Setz dich", sagte ihre Nachbarin, ging wieder zurück in den Flur und kramte dort in einem Schrank.

Suzan setzte sich hin. Auf dem Tisch stand ein großer grüner Adventskranz, auf dem bunte Kugeln befestigt waren.

An der Wand hing eine Wäscheleine, an der ganz viele zusammengefaltete Zettel, Postkarten und Briefe hingen. Was da wohl drin stand?

Sie schaute weiter, von der Küche ging ein weiterer Flur ab, dort waren drei Räume zu erkennen. Eine Tür stand offen und Suzan erkannte ein Poster von „Biss zum Abendrot". Ob das Mädchen auf dem Baum wohl hier her gehörte?

Frau Fuchs kam wieder und reichte ihr einen Zettel: „Den will ich wieder haben", sagte sie und ging in den Flur, um die Tür zu öffnen. Das war wohl das Zeichen zu gehen, dachte Suzan und stand auf. Meine Güte, was sind die hier alle freundlich!

Sie hatte nun keine Lust mehr, ihre übrigen Nachbarn kennen zu lernen und ging in ihre Wohnung. Vorsichtig schaute sie raus und sah, dass das Mädchen immer noch auf ihrem Ast hockte. Ob sie mal hin gehen sollte?

Sie schnappte sich ihren Mantel und huschte hinaus. Unsicher ging sie zu dem Baum.

„Hi, ich bin neu hier eingezogen und ... sag mal ... was machst du da oben?", konnte sie ihre Neugier nicht länger verbergen. Das Mädchen sah zu ihr hinunter, dunkelbraune Augen blickten sie an, oder besser blickten durch sie hindurch.

„Lass mich in Ruhe", sagte sie dann. Jetzt hatte Suzan langsam wirklich genug. Wo um Himmels willen, war sie denn hingezogen?

Sie verließ den Garten und ging Richtung Duisburger Innenhafen spazieren. Dann rief sie ihre Freundin Laura an und sie verabredeten sich in der Küppersmühle.

„Poh, die sind alle voll gruselig bei uns im Haus. Der eine knallt mir die Tür vor der Nase zu, die andere sitzt auf Bäumen rum, die Mutter, oder wer auch immer das ist, spricht nur das Nötigste und bei den anderen hatte ich keine Lust mehr anzuklopfen."

„Oh, das hört sich nicht gut an. Aber so hast du wenigstens deine Ruhe. Das hat auch Vorteile. Meine Vermieterin meint immer, bei mir nach dem Rechten schauen zu müssen. Da haste das Gefühl, du bist weiterhin noch zu Hause und wirst kontrolliert."

„Das ist ja gruselig."

„Yauh."

Nach ein paar Stunden machten sie sich müde, aber gut gelaunt auf den Heimweg.

Am Morgen hatte sie einen leichten Kater. Wie gut, dass die 1. Vorlesung erst um 11 Uhr war. Übermutig sprang sie die Treppen herunter und rannte im Hausflur fast eine Frau mit Hund um.

„Sorry, hallo, darf ich mich vorstellen? Ich bin Suzan Bund und wohne jetzt oben."

„Ich hörte davon. Hallo, mein Name ist Petra Schneider. Ich wohne hier unten links."

Hände streckten sich ihr entgegen und lächelnde Augen blickten sie an. Wie gut, dass nicht alle so griesgrämig waren. Der Hund bellte ein wenig und sprang an ihr hoch, beruhigte sich aber schnell.

„Wir können uns gerne duzen. Möchtest du auf einen Kaffee reinkommen? Hast du Zeit?"

Suzan entschied sich spontan für ein „Ja, gerne."

Frau Schneider schloss ihre Wohnung auf, Suzan schaute sich erstaunt um. Es war genau das Gegenteil zu der darüber liegenden Wohnung. Hell und freundlich. Schick und elegant. Ein rotes Samtsofa ließ die Küche gemütlich wirken. Ein großes Bild in warmen Tönen und mit afrikanischen Motiven hing raumfüllend darüber. Es duftete nach Orangen.

„Latte Macchiato, Cappuccino, Milchkaffee?"

„Milchkaffee."

Eine hochwertige Maschine wurde angeschmissen, ein Pad eingeworfen und kurze Zeit später hatte Suzan einen lecker duftenden Kaffee in der Hand.

Frau Schneider fragte sie nach dem Studium und ihren Eltern und ob sie sich hier wohl fühle.

„Na ja, eigentlich schon, aber die Frau Fuchs über dir und der Herr Monier und auch das Mädchen auf dem Baum sind schon echt seltsam."

„Findest du? Na ja, lass' uns jetzt nicht darüber reden und überhaupt, ich hab' gar nicht mehr so viel Zeit."

Suzan trank ihren Kaffee aus und war nun noch weniger schlau als vorher.

Worüber sollte nicht geredet werden?

Für den Einkauf war es jetzt trotz des Rauswurfs zu spät. Sie holte ihre Sachen und ging zur Uni.

Als sie spät abends wiederkam, leuchteten alle Lichter im Haus. Auch bei den Nachbarn, die auf ihrer Liste noch fehlten. „Ach, bring ich es gleich hinter mich", dachte sie und klingelte in der 1. Etage rechts bei Baumann.

Ein Junge öffnete die Tür, vielleicht 13-14 Jahre alt. Das Gesicht war voller Pickel, die Haare modisch ins Gesicht gekämmt. Sie stellte sich vor.

„Ach die Neue. Willste reinkommen, meine Eltern müssen jeden Augenblick vom Einkauf zurück sein. Mein Name ist Thorben."

„Gern."

In dieser Wohnung, das sah man sofort, lebten Bücherwürmer. Bereits im Flur erwartete den Besucher ein volles überquellendes Regal und auch in der danach folgenden Küche lagen verteilt auf dem Tisch und der Eckbank Bücher.

Sie gingen weiter durch den nächsten Flur, rechts ins Wohnzimmer. Die Wohnung war bestimmt dreimal so groß wie die ihrige. Von diesem Flur gingen vier Zimmer ab. Das Wohnzimmer, vermutlich das Schlafzimmer - die Tür war zu - der Raum des Teenagers, der ebenso wie in der Nachbarwohnung durch ein Poster - diesmal aber Tokio Hotel - erkennbar war und noch einem Raum, dessen Tür ebenfalls geschlossen war.

„Setz dich doch hin."

Sie nahm auf einem großen Ledersofa Platz, das mit weichen Kissen bestückt war. Wie zu erwarten, gab es auch hier Regale über Regale voll mit Büchern. Suzan entdeckte keinen Fernseher.

„Sag mal, deine Eltern lesen wohl gerne."

„Voll zum Kotzen, sach ich dir und einen Fernseher gibt es auch nicht. Ich bin vermutlich das einzige Kind in der Schule, ach, was sach ich denn, meiner ganzen Generation, das ohne Fernseher aufgewachsen ist. Dieses Jahr soll ich einen geschenkt bekommen, ich hoffe, sie halten auch ihr Versprechen."

Suzan musste lachen. Auch sie hoffte, dass ihre Eltern ihr noch einen kleinen Fernseher kaufen würden, aber im Moment vermisste sie ihn noch nicht.

„Was ist eigentlich mit der Fuchs von gegenüber? Warum ist die so mürrisch?"

„Wusstest du das nicht? Die hat ihre Tochter bei der Love-Parade verloren. War `ne schlimme Sache. Die ist hier völlig zusammengebrochen. Hat das ganze Haus zusammengeschrien. Hat bei Benni vor der Tür gestanden und gegen die Tür getreten, bis meine Eltern einen Krankenwagen gerufen haben. Dann lag sie erst mal ein paar Tage inner Klapse."

„Nein. Das ist ja der Hammer. Jetzt verstehe ich, warum sie so traurig blickt. Wie heißt ... äh hieß die Tochter denn?"

„Mathilda."

„Und wer ist Benni?"

„Benni hat oben in deiner Wohnung gewohnt. Er war ein absoluter Technofreak. Hat das ganze Haus mit seiner Musik genervt."

„Und was hat Benni damit zu tun?"

„Benni hat sie mitgenommen. Hat sie belatschert und dann, ja dann nicht auf sie aufgepasst. Er sagte, er hätte keine Chance gehabt. Sie wäre plötzlich weg gewesen. Frau Fuchs hat ihm die Schuld gegeben. Er war schließlich ein paar Jahre älter. Mathilda war erst 17."

„Zwei Jahre jünger als ich. Und ..." ‚Suzan atmete tief ein.

Bilder liefen in ihrem Kopf ab: dieser Tunnel, die Menschen, die versuchten an den Türmen und Kabeln hoch zu klettern. Schreie, die Kerzen, die hinterher überall standen. Weinende Menschen. Bisher war das alles so fern von ihr gewesen. Jeder kannte die Bilder, jeder hatte sie gesehen, aber jetzt jemanden zu kennen, dessen Tochter ... Tränen traten in ihre Augen.

„Und, wo ist … wo ist Benni jetzt?"

„Er hat sich das Leben genommen", sagte eine Frau hinter ihr. Suzan drehte sich erschrocken um, sie hatte nicht gehört, dass jemand herein gekommen war.

Sie war unfähig aufzustehen: „Ich bin die neue Mieterin, ich wohne in der …" Die plötzliche Ahnung ließ ihre Stimme verstummen. „Er hat doch wohl nicht …? Also, ich meine bei mir, also in meiner… Wohnung?" Nicht eine Sekunde würde sie dann noch dort wohnen bleiben!

„Nein." Die Frau setzte sich neben sie und nahm, wie selbstverständlich ihre Hand. Sie war einer dieser Menschen, denen man sofort vertraute und eigentlich gar nicht wusste, warum es so war.

„Nein, es war draußen. Er lag draußen, also er … Er hat sich am Baum aufgehängt …"

„Da? Der …? Also, da wo dieses Mädchen immer sitzt?"

„Ja", sagte Thorben. „Jennifer war in ihn verliebt. Es hat sie schwer getroffen. Beides."

„Beides? Zu wem gehört denn Jennifer, wo wohnt sie?"

„Sie ist - sie war Mathildas ältere Schwester. Sie konnte an dem Tag nicht mitgehen. Sie lag krank im Bett und war total sauer, dass Mathilda durfte und sie nicht. Wer weiß, vielleicht wären jetzt beide tot."

Thorben sah nachdenklich zu Boden.

Es war total still im Raum. Ein Schlüssel dreht sich im Schloss.

„Oh, das ist mein Mann. Er will nicht, dass wir darüber reden. Er hatte oft Stress mit Benni wegen der lauten Musik. Lasst uns das Thema wechseln."

Sie saßen noch eine gute Stunde beisammen. Auch der Vater von Thorben machte einen netten und vertrauenserweckenden Eindruck.

Als sie nun ihre Wohnung betrat, kam sie ihr anders vor. Benni hatte hier gelebt, und Benni hatte sich das Leben genommen.

In der Uni hatte sie den Flurplan kopiert und würde ihn morgen Frau Fuchs geben. Vielleicht würde sie sie drauf ansprechen und ihr Beileid aussprechen, wenn sie sich traute.

In der Nacht träumte sie schlecht: von Bäumen, an denen Kleidung hing, aber keine Menschen. Von zu engen Räumen und von Tüchern, die ihr die Luft nahmen. Irgendwann wachte sie japsend auf und machte sofort das Licht an.

Es war noch früh, die Sonne ging gerade erst auf. Suzan war zwar noch müde, aber sie konnte nicht wieder einschlafen. Hatte eigentlich gestern ihre Mutter angerufen? Sie nahm sich vor, sich gleich nach dem Frühstück bei ihr zu melden.

Apropos Frühstück. Sie hatte Hunger, zog sich an und holte Brötchen vom Rewe, der bereits um 7 Uhr öffnete, sowie Wurst und Käse. Dann telefonierte sie nach dem Frühstück mit ihrer Mutter, die gar nicht glauben konnte, dass Suzan freiwillig und vor allem so früh schon anrief.

„Alles in Ordnung bei dir, mein Kind?"

„Ja, Mama, alles okay. Ich hab da was erfahren, was mit dem Haus zusammenhängt…. Nein, du brauchst dir keine Sorgen machen. Bei mir ist wirklich alles in Ordnung, ich erzähl dir alles später."

„In Ordnung. Ich hab' dich lieb, meine Kleine."

„Ich dich auch, Mama."

Sie legte auf, atmete tief durch und ging hinunter. Frau Fuchs öffnete die Tür.

„Darf ich reinkommen?"

Frau Fuchs sagte nichts, sondern ließ die Tür offen stehen und ging in die Küche.

„Ich hab das mit ihrer Tochter erfahren. Es tut mir sehr leid."

Frau Fuchs sagte immer noch nichts. Sie setzte sie sich an den Tisch und weinte. Ratlos stand Suzan in der Küche, in der Hand den kopierten Flurplan. Sie schaute auf die Karten, neben denen sie jetzt stand. Sie nahm eine in die Hand und las: Mein Beileid gilt allen Menschen, die hier Freunde verloren haben. – Suzan schaute weiter. Wir vermissen Mathilda! Die Berufsschulklasse der Theodor-Heuss-Schule. - Wir werden Mathilda nicht vergessen.

Frau Fuchs hatte alle Trauerkarten aneinandergereiht aufgehängt.

Sie blickte zu Suzan und sah, dass sie sich die Karten anschaute.

„Ich vermisse sie so sehr, meine kleine Matti. Wir alle vermissen sie. Und ich hasse Benni dafür, dass er sie mitgenommen hat."

Suzan sah in das weinende Gesicht. Sie tat ihr so leid.

„Deswegen musste er auch sterben."

Suzan glaubte nicht richtig zu hören.

„Wie musste sterben?"

„Ich habe gesehen, wie er sich das Leben nehmen wollte. Und ich habe nichts getan. Ich habe zugeschaut. Und der Vater von Thorben auch. Und auch Herr Monier, wie sie mir beide später im Garten gestanden haben. Wir alle haben Mathilda geliebt. Wir alle haben ihn gehasst. Sie war ein unheimlich fröhliches Mädchen, und so lieb. Er hat sie uns genommen."

„Nein", flüsterte Jennifer. „Das kann nicht sein. Sag, dass das nicht wahr ist!"

Keiner hatte bemerkt, dass sie in die Küche gekommen war.

Jennifer sah ihre Mutter an. Aber in den Augen fand sich keine andere Wahrheit.

„Es tut mir leid Jenni. Irgendwann musst du es erfahren." Und mit einem Blick zu Suzan sagte sie: „Wir werden es natürlich leugnen. Beweisen kann es uns keiner. Wir wussten nur: irgendeiner muss doch dafür büßen."

Jetzt schrie Jenny: „Er hat keine Schuld. Er hatte doch keine Chance gehabt. Benni hat noch versucht, ihre Hand zu halten. Sie war plötzlich weg und er konnte sich nicht rühren, nicht bewegen, nichts machen. Alle haben um ihr Leben gekämpft. Sie wurde totgetrampelt. Aber er konnte nichts dafür. Ich hab mit ihm darüber geredet. Ich hab ihn geliebt. Mama, sag das das nicht stimmt."

Suzan bemerkte, dass sie den Flurplan total zusammen geknüllt hatte. Sie strich ihn glatt, so als wäre es ihr Abschlusszeugnis. Was sollte sie jetzt tun? Wie würde es weiter gehen? Sollte sie es jemanden erzählen und würde ihr jemand glauben? Würde das irgendetwas ändern?

Aber egal, was auch passierte, dieses Weihnachten würde sie nie vergessen. Wie mindestens einundzwanzig andere Familien.

Nichts war mehr wie vorher!

Nichts.

Sabine

Wir verstanden uns soweit ganz gut, wir Kinder in unserer Straße. Wir spielten Cowboy und Indianer, Heiraten und Scheidung, wobei eine Gruppe von uns immer die beleidigte Verwandtschaft spielen musste. Ich weiß gar nicht, wer darauf gekommen ist, dass immer eine beleidigte Verwandtschaft da sein musste. Auch kannten wir keine Scheidungen. Nicht so, wie die Kinder heute. Bei uns waren Scheidungen noch tabu. Wir hatten alle unsere Väter. Fast. Denn von Sabine und Heidi war der Vater gestorben und die Mutter wohnte mit ihren fünf Töchtern allein in unserer Straße. Die anderen Schwestern waren schon etwas größer, fast schon Erwachsene, bestimmt schon 13, 15 oder 16 Jahre. Wir hatten alle Mitleid mit den Fünf. Aber noch öfter hänselten wir sie, wegen ihrer alten Klamotten, die alle aufgetragen waren. Vor allem bei den beiden Jüngsten. Sabine und Heidi durften auch nie die Braut sein, oder die Prinzessinnen, die von den Indianern entführt wurden. Im Höchstfall durften sie Brautjungfern sein und immer gehörten sie zur Auswahl der beleidigten Verwandtschaft. Ich war auch nicht oft die Braut. Das waren meist die Tornemanns. Das waren sogar sechs Geschwister. Und sie waren alle stark und gemein. Wehe, wenn man nicht das tat, was die einem sagten. Dann gab es Sänge. Kritisch wurde es, wenn man ihnen allein begegnete, denn die Tornemannsschwestern gingen nie alleine raus. Sie hatten einen kleinen Bruder. Der war aller Tornemannsschwester-Liebling. Und wenn er ein Eis wollte und man kaufte ihm keins, dann erzählte er seinen Schwestern, man hätte ihn grundlos geschubst. Den Rest kann man sich ja denken.

Irgendwann wollte ich nicht mehr Prinzessin sein, ich wollte Indianer sein, so wie Winnetou. Das hat keines der Mädchen verstanden. Aber sie hatten nichts dagegen. Nur die Jungs fanden, das ginge entschieden zu weit. Ein Mädchen könne doch kein Indianer sein. Ich könnte, wenn ich wollte, eine Squaw sein. Die könnte dann von den Cowboys entführt werden. Also: Prinzessin oder Squaw.

Ich entschied mich dafür, allein zu spielen. Ich wollte nicht verschleppt und entführt und womöglich in irgendeinen Keller gesperrt werden. Auf gar keinen Fall in einen Keller. Ich hatte auch keinen älteren Bruder oder eine Schwester zu Hause, die mir helfen konnten. Die anderen fanden mich jetzt doof. Noch doofer als Sabine und Heidi. Das hieß schon was. Die Älteste der Tornemannsschwestern drohte mir: „Wenn ich dich alleine sehe, dann gibt es Kloppe."

Ich weiß gar nicht, was sie davon abhielt, mich nicht jetzt schon zu verhauen. Die anderen hätten mir doch sowieso nicht geholfen.

So blieb ich zu Hause und schlich mich auf dem Weg zur Schule durch alle Vorgärten, immer mit der Angst, dass sie mich allein fänden. Zu Hause hörte ich Musik. Supertramp fand ich toll und die Elvis Platten meines Vaters. Auch las ich jetzt sehr viel. Alle Bände von Karl May wollte ich lesen. Ich wollte Indianer sein und gut und gerecht und edel. Dabei hatte ich so eine Wut. Eine Wut auf alles und jeden. Auf meine Eltern, die nie da waren, auf meine Geschwister, die schon groß waren und alle woanders wohnten, auf Opa Heinermann, der mich regelmäßig in seinen Keller zog und mir Schokolade dafür gab, dass ich Sachen bei ihm tat, die ich nicht tun wollte. Auf alle Tornemannschwestern und ihren bescheuerten kleinen Bruder und auf meine Patentante, die unter uns wohnte und sich aufregte, dass ich Gummitwist im Wohnzimmer spielte oder die Musik zu laut sei, die aber nie mit mir in den Zoo, oder ins Kino ging.

Und wo sollte ich denn auch hin?

So bin ich dann raus. Mutig. Ich hatte gerade in einem Buch gelesen, dass sich Old Shutterhand mutig seinen Gegnern entgegenstellte und keine Angst zeigte.

Das würde ich jetzt auch machen.

Ich ging hinaus, überquerte den großen Spielplatz vor unseren Häusern und ging zur Straße. Dort entdeckte ich: Sabine. Sie saß allein da und malte mit Straßenkreide große Häuser und Bäume.

„Hallo Heike. Hast du Lust mit mir zu spielen?"

Ich freute mich. Gemeinsam gingen wir zurück in die Nähe unseres Hauses und malten in unserer Einfahrt Hinkelmuster auf. Ich ließ sie anfangen und setzte mich auf unser Metallgeländer. Dann war ich dran. Dann wieder sie. Sie fing an zu schummeln. Ich hatte ganz genau gesehen, dass sie den Strich übertreten hatte. Aber sie leugnete es. Typisch. Sie war halt eine von den Hillebrandschwestern. Die waren alle so.

Ich war dran und passte auf, dass ich gerecht war. Ich übertrat den Strich und räumte sofort das Feld. Sabine, jetzt in der Gunst aller, ja höher angesetzt als ich, ging fast hoheitsvoll auf das Spielfeld und übertrat gleich beim zweiten Mal.

Sie überspielte es.

Tat so, als hätte sie nichts gemacht. Ich warnte sie. Sie lachte.

Dann weiß ich nichts mehr. Irgendwann drangen ihre Schreie zu mir. Wahrscheinlich schrie sie schon länger. Ich hatte sie nur nicht gehört. Sie musste wohl auch versucht haben, mir zu entkommen. Denn wir waren ein gutes Stück weiter entfernt von unserer Einfahrt. Sie hatte es nicht geschafft, denn ich saß auf ihr. Hielt ihre Haare in meinen Händen und kam in dem Moment, wo ihr Kopf erneut gen Boden flog, wieder zu mir. Ich hörte ein Knirschen. Es waren ihre Zähne. Ich ließ los. Sprang herunter. Sie blickte kurz zurück. Ich sah in ihr Gesicht: Entsetzen, vermischt mit Blut.

Und ich, ich habe sie gehasst.

Dafür, dass ich da war...

Spirit

Sie weiß, es ist wieder so weit. Sie betritt den Raum. Rauch schlägt ihr entgegen. Die Musik, laut und gut, bohrt sich in ihren Magen. Langsam gewöhnt sie sich an die Dunkelheit. Sie geht zum Tresen, wo es nur Flaschen gibt. Dies ist kein Laden, in dem man aus Gläsern trinkt.

Danach geht sie in Richtung Tanzfläche, drängelt sich durch die Mauer aus stehenden Menschen. Lächelt. Sieht in die Gesichter.
Dann schaut sie zum DJ hoch. Sie kennen sich schon lange. Er spielt genau, was sie hören will.
Ein neues Lied, viele stürmen auf die Tanzfläche. Stoßen sie fast um. Egal. Hier fragt keiner danach.

Es ist noch nicht laut genug. Sie geht hinüber zu den Boxen, nimmt einen Schluck Bier. Es schmeckt nicht. Sie mag kein Bier. Aber sie braucht jetzt Alkohol.
Sie bewegt ihre Füße im Takt des Schlagzeugs, der Bass dröhnt in ihren Ohren. Fegt alles weg: Was sie ist. Wie sie ist. Wer sie ist.
Sie nimmt noch einen Schluck. Es schmeckt schon besser.
Jemand spricht sie an. Sie dreht sich um und geht. Sie will nicht reden. Kein Geplänkel. Keine Anmache. Nur Bässe.

Ein neues Lied. Sie stellt die Flasche an die Seite. Geht langsam zur Tanzfläche, sie hat es nicht eilig.
Sie schließt die Augen - fühlt, tanzt, tanzt schneller, springt, singt den Text, lebt die Melodie, die Musik, bewegt die Arme, schneller, immer schneller. Ein Rausch, sie ist allein. Ganz allein.
Und dann das nächste Lied. Sie sieht niemanden mehr. Ihr

Herz schlägt heftig. Ihr Körper geht hin und her, dreht sich immer wieder, ist eine Woge, eine Welle, die nie ans Ufer gespült wird, es nie berührt, sich immer nur bewegt und bewegt. Blicke prallen an ihr ab.

Sie fängt an zu schwitzen, es ist warm hier. Heiß. Sie zieht ihren Pulli aus, bindet ihn um ihre Hüften. Schaut dabei in die Menge.

Dann zieht sie sich wieder zurück, Minute um Minute, Stunde um Stunde. Zwischendurch ein kühles Bier. Kein Gequatsche, keine Blicke, sie ist allein. Sie ist niemand, und doch, hier beim Tanzen ist sie alles, was sie will. Ein junges Mädchen, voller Zukunftspläne, schön und stolz. Unnahbar. Sie fühlt sich gut, fühlt sich wieder jung, fühlt sich verstanden. Dann wieder ist sie wie ein Ballon voller Wut, der kurz davor ist zu platzen.

Jemand spricht sie an, sie schüttet ihm Bier auf das Hemd, ohne zu fragen, was er will. Er hat sie nicht anzusprechen.

Sie geht, setzt sich.

Ein neues Lied, leise und ruhig. Sie steht wieder auf, nur kein Stillstand. Tanzt vorsichtig jetzt, schlingt ihre Arme um sich. Weint, lautlos. Sie ist offen, verletzlich, ängstlich. Allein. Sie kann nicht sagen, warum das so ist. Wann es angefangen hat und wann es aufhört.

Sie tanzt weiter und weiter, bis sie nicht mehr kann, bis ihr die Füße wehtun, ihr Nacken, ihre Arme. Bis ihr ganzer Körper schmerzt.

Dann, endlich, geht es ihr wieder gut.

Sie schaut auf. Da ist er wieder. Dieser Typ, sein Hemd ist jetzt trocken.

Er sieht sie an. Lacht.

Sie lacht zurück.

Nie wieder

Ich hab ihm noch gesagt: „Lass' uns nicht in die Berge fahren. Bitte, bitte nicht." Aber, und da musste ich ihm leider Recht geben, wir waren die letzten zehn Jahre immer ans Meer gefahren und das nur, weil ich es wollte. Ich hatte ihn immer so lange bequatscht und ihm die Vorteile von diesem und jenem Land so überzeugend näher gebracht, dass er hinterher sogar glaubte, er habe die Entscheidung selbst getroffen. Aber jetzt war es ihm aufgefallen - zugegeben, ich hatte eher damit gerechnet - und ich hatte keine andere Wahl, als endlich doch mit ihm in die Berge zu fahren, und das auch noch im Winter. Berge an sich sind ja schon schrecklich genug. Erst muss man stundenlang bergauf klettern, bloß um anschließend wieder runter zu steigen, und dann diese komisch sprechenden Einheimischen. Da lob ich mir doch die Spanier, die sprechen alle ein super Deutsch. Enzian hier und Bäume dort, Hirsche, Füchse, Gemsen und womöglich noch Wildschweine. Und dann das ganze noch bei Schnee! Hatte ich eigentlich erwähnt, dass ich Schnee hasse! Er ist kalt und hinterlässt Ränder an meinen Lederschuhen. Ich sacke darin ein und falle womöglich hin und alles ist nass und ungemütlich und na ja gut, es sieht schön aus, aber eigentlich bloß im Fernsehen oder vielleicht aus dem Fenster einer gemütlichen Wohnung am offenen Kamin mit einem Glühwein in der Hand und in eine Decke eingekuschelt.

Also, wir sind in den Winterurlaub.
Wilhelm, Ida, Nordpol, Theodor, Erwin, Rudolf, Ulrich, Rudolf, Lisa, Anton, Ulrich, Berta.

Ein Wort, das bisher in meinem Wortschatz nicht vorkam.
Der Wagen war gepackt und wir sind in Dortmund bei tadellosem Sonnenschein und schneefreien Straßen los. Trotzdem

fragte ich vorsichtshalber, ob er denn an Schneeketten gedacht hätte.

Den Blick hätten Sie sehen sollen.

„Wir haben einen Subaro mit Allradantrieb und Firestone Winterhawks drauf."

„Ok, ok!" Versöhnlich lächelte ich ihn an.

Kaum sind wir in Österreich - da wollte ich eigentlich nie hin, auch nicht im Sommer - ging es los: Nachdem wir die freigeräumte Autobahn bereits einige Zeit verlassen hatten, rutschte unser Auto in einer scharfen Kurve von der Landstraße direkt in einen Graben.

Ich? Ich bin komplett ruhig geblieben! Ich hab nichts gesagt. Er aber auch nicht.

Unser Handy funktionierte nicht.

„Wohl kein Empfang in den Bergen", konnte ich es mir dann doch nicht verkneifen.

Es kam nur ein unartikuliertes: „Mmpf."

Hatte ich erwähnt, dass es kalt war? Es war kalt! Und einsam. Weit und breit kein Auto, und kein Haus, weil mein Göttergatte meinte, er wolle es romantisch haben. So ganz allein auf einer Hütte: nur der Wald und wir sozusagen. Ich konnte mir vorstellen wie das endete. Glühwein schon zu Mittag, ab 16 Uhr wurde der Fernseher eingeschaltet und jeden Tag wollte er Sex. Schrecklich!

„Ähm, sag mal, wie sieht es mit einer Karte aus? Wo sind wir hier?", traute ich mich zu fragen.

Diesmal folgte ein Doppel: "Mmpf Mmpf." Was mir sagte, dass mein Pfadfinder natürlich keine Karte brauchte, um sein Ziel zu erreichen.

Er versuchte noch eine Weile den Wagen frei zu bekommen, aber es half alles nichts: Wir saßen fest.

Ich stieg aus, stülpte mir meine Fellmütze über, holte meine Daunenjacke und den Kaffee heraus, setzte mich auf die noch warme Motorhaube und sang irgendetwas Nettes über den Schnee a lá: Schneeglöckchen – Weißröckchen, …

Michael schaute mich an wie der Typ aus American Psycho,

kurz bevor er zusticht. Genau so. Ich hörte auf zu singen. Sicher war sicher.

Dann war er wieder ganz Mann und sagte:
„Ich hole Hilfe, du bleibst hier."
Er trabte davon und ich machte es mir im Auto gemütlich: Motor an, Heizung auf volle Pulle, noch einen Kaffee, mein Buch, zwei Hosen, drei Decken, Musik.

Nach vier Stunden bekam ich langsam Angst. Das letzte Haus, das wir gesehen hatten, war mindestens eine dreiviertel Stunde Autofahrt entfernt. Also ca. 15, vielleicht 20 Kilometer, das hieß ganz, ganz, ganz lange laufen.
Ich hatte mein Buch zu Ende gelesen, den Kaffee ausgetrunken und der Tank war auch fast leer. Mir war kalt und ich hatte Hunger. Ich hasste meinen Mann! Wo blieb er nur? Und warum war hier niemand?
Ich wollte Sonne und Meer und Wärme und Fische und Strand und Sand zwischen meinen Zehen, statt Frostbeulen an den Füßen.
Und dann sah ich von weitem ein paar Punkte, die sich oben auf einem Berg langsam unterhalb eines kleinen Waldes seitwärts von mir weg bewegten.

Schnell schrieb ich Michael einen Zettel, nahm mein Geld, packte meinen Rucksack und schloss das Auto ab. Mühsam stapfte ich in die Richtung der Punkte. Ich versank bei jedem Schritt tief im Schnee und verfluchte Gott und die Welt und Michael.
Sie sahen mich nicht und meine Kräfte ließen langsam nach. Wie wild fuchtelte ich mit den Armen und schrie laut, bis sie mich endlich bemerkten.
Dann kamen sie auf mich zu und ich wunderte mich, denn sie waren alle so klein.
Als ich sie endlich erreichte, fing einer aus der Gruppe an, mich mit Schneebällen zu bewerfen. Und das schien das Zeichen gewesen zu sein. Es hielt keinen mehr und sie hatten ein

Ziel. Endlich kam ein Erwachsener mit einem Nachzögling aus dem Wald und beendete die einseitige Schlacht. Ich hatte eine Skischule erwischt. Hatte ich eigentlich erwähnt, dass ich kleine Kinder hasste und ganz besonders österreichisch sprechende kleine Kinder mit Schneebällen in der Hand.

Aber ich, ich ließ mir nichts anmerken.

Ich erklärte ihnen, dass ich mich verlaufen hätte und sie nahmen mich mit und führten mich zu einem Sessellift, der sich gleich hinter dem Berg befand und mich direkt in die nächste Ortschaft brachte.

Michael? Den hab ich lange Zeit nicht mehr gesehen.

Als die Schneeschmelze einsetze, fand man ihn.
„Super", dachte ich. „Nie wieder Winterurlaub."

Abendbrot

Nein! Nein, nicht! Es ist nicht für dich! Lass das Brot liegen, Mama. Es ist nicht für dich.

Es schrie in ihr, aber über ihre Lippen kam kein Wort. Still stand sie in der Küche. Ihr Großvater blickte stur zum Fernseher, der auf dem Küchenschrank stand. Es lief „Forsthaus Falkenau".

Er starrte den Fernseher an, als säße dort sein Erzfeind.

Wer ihren Opa nicht kannte, hätte so gedacht. Aber wer ihn kannte, der wusste, dass er immer so schaute. Alles war ihm verhasst, seine Umgebung, seine Familie, Menschen, bekannte und unbekannte, er mochte sie nicht.

Julia hatte sich früh daran gewöhnt, dass sie aufpassen musste, wenn ihr Opa in der Nähe war. Sie durfte nicht spielen, zumindest nicht laut, sie durfte nicht weinen, dann setzte es schon mal was, sie durfte nicht so viel reden, weil sie ihm beim Fernsehen störte, sie durfte ihn nichts fragen, weil er keine Antworten hatte. Erst als sie zehn war, fing er an sie zu mögen, vor allem ihren Bauch.

Julia stand noch immer in der Küche. Ihre Mutter hatte das Butterbrot aufgegessen.

Ihre Mutter: das Haar war strähnig und hing ungepflegt herab. Es war in der Mitte gescheitelt und sie ließ es einfach wachsen. Für den Frisör war kein Geld da. Oder es war ihr egal. Der abgetragene Kittel spannte sich um ihren enormen Körper.

„Was starrst du mich so an, Julia? Mach, dass du raus kommst."

Sie konnte jetzt nicht gehen. Unmöglich. Alles in ihr sagte: „Hau ab, Julia, mach dich aus dem Staub, lauf zu Marvin und flieh mit ihm. Du weißt doch, wo Opa sein Geld hat, nimm es und hau ab. Nach Spanien, wo es immer warm ist."

Aber sie konnte sich nicht bewegen. Es ging einfach nicht.

Ihre Mutter kam auf sie zu. Gab ihr eine Ohrfeige.

„Ich rede mit dir! Hörst du mich?"
Julia löste sich aus ihrer Erstarrung.
„Ich will mit Opa „Forsthaus Falkenau" gucken."
Wollte sie das? Natürlich nicht.
Ihr Opa sah zu ihr her. Ein Mundwinkel verzog sich. Es war seine Art zu lächeln.
„Na komm, meine kleine Lady. Setz dich zu Opa auf den Schoß."
Oder doch gehen? Aber nein, sie musste hier bleiben. Sehen, was passierte. Warum hatte sie nichts zu ihrer Mutter gesagt, als sie das Brot vom Opa nahm, der es an die Seite gestellt hatte, weil er keinen Hunger hatte? Aber was hätte sie auch sagen sollen?
Sie nahm Platz. Opa legte seinen Arm um ihre Taille. Sie hatte das Gefühl kotzen zu müssen. Sein Geruch. Dieser Geruch von Schweiß, Alkohol, und Rauch, vermischt mit seinem billigen Rasierwasser, das er meist nahm, anstatt sich zu waschen. Seine Hand glitt unter ihr T-Shirt. Ging hoch. Sie musste weg. Sie hatte doch so gehofft, dass er…

Ihre Mutter machte ein neues Bier auf und wischte den Schaum vom Flaschenhals an ihrer fleckigen Schürze ab. Verstohlen blickte sie dabei ihre Tochter an. Was lag in diesem Blick? Julia wusste, dass Opa das Gleiche mit ihrer Mutter machte, wie mit ihr. Nur, dass in letzter Zeit öfter Julia dran war. War ihre Mutter froh darüber? Hatte sie ihr deswegen nie geholfen?
Ihr Opa rülpste.
Der Förster, dessen Namen sie nicht kannte, begrüßte gerade ein paar Kinder. Einen kleinen Jungen nahm er lachend hoch und drückte ihn an sich. War das sein Sohn? Er setzte ihn ab und nahm ihn an die Hand, zusammen mit den anderen Kindern ging er auf einen Bauernhof zu. Da standen eine Frau und ein Mann, die Kinder liefen dahin. Sie gehörten dazu. Das war eine Familie, dachte Julia. Eine richtige Familie.

Ihre Mutter schwankte, fasste sich mit der einen Hand an ihr Herz, mit der anderen hielt sie sich am Küchentisch fest. Die Bierflasche fiel auf den Boden. Rollte hin und her während das Bier heraus floss. Ihr Opa hörte auf Julia zu streicheln und schaute zu seiner Tochter rüber. Er wollte vermutlich etwas sagen, wie: „Mensch Olle, mach nich so'n Krach hier."

Aber er sagte nichts.

Ihre Mutter schwankte, fiel zu Boden und schlug dabei mit dem Kopf an der Tischkante an.

Jetzt stand Opa auf.

„Mensch, Hilde, wat ist denn los mit dir? Nu mach mal keene Fissematenten hier."

Er schüttelte sie.

Julia stellte sich dazu und schaute in die Augen ihrer Mutter. Sie waren blutunterlaufen und quollen hervor. Sie zuckte, würgte, versuchte Luft zu bekommen.

„Ruf einen Arzt, Mensch, Jule! Nun ruf doch eine Arzt! Steh nich so dumm rum! Dat hier is voller Ernst!"

Julia ging zum Telefon.

Ganz langsam. Nicht mit Absicht. Es ging nicht anders. Sie wählte 110, weil ihr nichts anderes einfiel. Die Polizei war am Apparat und sie sagte denen, was los war. Sie fragten Julia nach der Adresse und dem Namen und Julia antwortete, als würde sie in der Schule von ihrer Lehrerin gefragt, nur, dass sie diesmal die Antworten wusste.

Kurze Zeit später kam der Notarzt. Er untersuchte ihre Mutter, konnte aber nur noch ihren Tod feststellen.

Er sah ihren Opa an: „Was ist denn passiert?

„Keine Ahnung, Mann. Ich hab' Fernsehen geguckt und da kippt sie einfach um. Vielleicht zuviel gesoffen, Mann. Was weiß ich, bin ich denn hier der Arzt?"

Ihr Opa mochte keine Ärzte.

Der Arzt sah Julia an.

„Ich weiß auch nicht. Sie hat sich plötzlich ans Herz gefasst, nach Luft geschnappt und dann ist sie umgefallen und mit dem Kopf hier dran gestoßen." Julia zeigte mit dem Finger auf die Stelle, an der ihre Mutter aufgeschlagen war.

Der Arzt sah sich die Hände ihrer Mutter an, dann roch er an ihrem Mund.

„Hat deine Mutter viel getrunken?"

„Ja, da, die Biere hat sie getrunken." Julia zeigte verlegen auf die zehn leeren Bierflasche, die in der Ecke standen.

„Und geraucht hat sie auch?"

Julia wies wortlos auf einen überfüllten Aschenbecher.

„Wie alt ist deine Mutter?"

„Letzte Woche 49 geworden."

Er sah ihre Mutter an und Julia wusste, was er dachte: Eine runtergekommene, versoffene Olle.

Herzinfarkt, lautete die Diagnose. Für eine Autopsie gab es keinen Grund.

Da ihrem Opa mit seinen 70 Jahren niemand zutraute, das Kind alleine zu versorgen, kam Julia, nach kurzem Aufenthalt in einem Heim, zu ihrer alleinstehenden Tante nach Norddeutschland.

Also hatte sie doch alles richtig gemacht.

Der Kuss

Oh Gott, wie der küsste. Das konnte doch nicht sein Ernst sein. Er verspeiste förmlich ihre Zunge, biss in ihre Lippen, schlürfte sie an sich, um dann auf ihnen herumzukauen. Wann kam endlich das Essen? Vielleicht war es danach besser.
„Die Vorspeise."
Sie schickte einen dankbaren Blick zum Kellner, der ihr keck zuzwinkerte.
Ihr Gegenüber oder besser gesagt Nebenanner, denn er war bereits von Gegenüber nach Nebenan gerutscht, versuchte weiter seinen Hunger an ihr zu stillen.
„Du, also Benedikt."
Allein schon dieser Name hätte sie die Flucht ergreifen lassen sollen! Welcher halbwegs tolle Mann hieß schon Benedikt.
„Du Benedikt, ich hab echt Hunger."
„Verstehe", mimt er den Verständnisvollen, was sie am liebsten dazu veranlasst hätte, ihm das als Vorspeise gereichte Brot sofort in dem Mund zu stopfen, damit er denselbigen augenblicklich hielt.
Jeder musste bestraft werden für seine Taten und die Strafe erhielt sie gerade. Blinddate. Als ob sie so was überhaupt nötig hätte. Hatte sie aber anscheinend. Und das war das frustrierende.
Benedikt kaute auf dem Brot herum und strahlte sie unentwegt an. Na klar, sie war ein Porsche und er ein heruntergekommenes, überholtes, rostangesetztes Modell, das in grauer Vorzeit mal schnittig gewesen war und sich darauf seit 20 Jahren ausruhte.

Wie kam sie aus der Nummer nur wieder raus? Das Problem war, wenn sie einen Kuss zuließ, war das gleich immer die Aufforderung für mehr. Dann wurde es stets schwierig. Aber der

Kuss sagte auch viel aus. Vor allem konnte sie gleich am ersten Abend des Kennenlernens alles regeln: Küsste er gut, hatte er noch eine Chance. Nicht: Ade. Mit einer Freundin hatte sie mal eine eigene Skala angelegt.

1: Feucht
2: Sabbert
3. schlürft
4: beißt
5: wird besser
6: ausbaufähig
7: guter Junge
8: mhmm
9: lekka
10: Nimm mich

Eigentlich ganz einfach. Benedikt stand zwischen einer 3 und 4: schlürft und beißt.

Das Hauptmenü kam und er schlang das Essen förmlich in sich hinein.
Das hielt ihn aber nicht davon ab, weiter zu reden, und zwar nur über sich: Ausschließlich! Seinem Job, - langweilig, seinem Handy – noch langweiliger und seiner Familie, die er ja verloren hatte. Natürlich sehr tragisch, darunter leidet er ja immer noch: Er fand seine Frau zusammen mit seinem Chef im heimischen Bett, als er frühzeitig von einer Geschäftsreise zurückkam. Der Klassiker sozusagen unter den Fremdgehern, das kam direkt nach dem besten Freund.
Als ihm dann nichts mehr einzufallen schien, erzählte er von seinen Arbeitskollegen und sogar noch von seinem Hund, seinem ersten und dem jetzigen und welchen er sich als nächsten zulegen würde.
„Ich werde es hoffentlich nicht erfahren", bemerkte sie schnell während einer erzwungenen Sprechpause, in der er etwas trank. Er verschluckte sich fast an seiner Pizza und starrte sie entsetzt an. Hatte sie das wirklich gesagt?

Der Kellner von vorhin ging am Tisch vorbei, zwinkerte ihr wieder zu und sie ergriff die Chance: „Ich hätte gerne die Rechnung und bitte sofort einen Kuss von Ihnen, damit ich gleich weiß, woran ich bin…"

Epilog:

Lieber Leser,
viele der Texte, die sie hier gelesen haben, entspringen nicht nur meiner mörderischen Fantasie, sondern sind inspiriert durch die Wirklichkeit.

Mit den Bloody Marys veranstalte ich Benefizlesungen für Organisationen, die Frauen unterstützen. Im Zuge der Planung und vor allem durch die Informationsbeschaffung über die Institutionen, habe ich viele Eindrücke erhalten, die mich beschäftigt haben. Z.B. bei der Mitternachtsmission, die sich für Prostituierte, ehemalige Prostituierte und Opfer von Menschenhandel einsetzen. Schicksale, wie das 14 jährige Mädchen, das - mit Wissen der Familie - zur Prostitution gezwungen wird, haben mich tief berührt. So entstand der Text: „Dajana".

Hilfe bei Gewalt an Frauen leistet der Verein: „Frauen helfen Frauen e.V."

Bei der Lesung für das Dortmunder Frauenhaus las ich den Text: „Lebenslang" und auch die Geschichte: „Als Lisa wartete" wurde speziell zu diesem Thema geschrieben.

„Ein Meer aus Rot", entstand nach einem kleinen Artikel in der Zeitung. Dort stand, dass eine Mutter ihre Tochter an Nachbarn zur Prostitution freigegeben hat.

„Sabine" ist mein eigener biografischer Text.

Dieses Buch möchte ich allen Kindern und Frauen widmen, die Opfer von Gewalt, Missbrauch und Vernachlässigung geworden sind. Mögen Sie Hilfe finden, der Gewalt ein Ende setzen und neue Hoffnung bekommen.

Auf der folgenden Seite finden Sie Institutionen, die sich für Kinder und Frauen einsetzen und die wir mit den Bloody Marys (www.bloodymarys.de) regelmäßig unterstützen.

Bitte helfen Sie! Denn alle Vereine können nur durch Spendengelder ihre hervorragende Arbeit leisten!

Ärztliche Beratungsstelle gegen Vernachlässigung und Misshandlung von Kindern e.V. - Kinderschutz-Zentrum Dortmund
Gutenbergstr. 24
44139 Dortmund
Telefon 0231-206458-0
E-Mail kontakt@aeb-dortmund.de
Internet www.aeb-dortmund.de
Spendenkonto bei der Sparkasse Dortmund
Konto: 001 054 007
BLZ: 440 501 99

Dortmunder Mitternachtsmission e.V.
Dudenstraße 2-4 (Ecke Hohe Straße)
44137 Dortmund
Tel.: 0231/14 44 91
Fax.: 0231/14 58 87
E-Mail: mitternachtsmission@gmx.de
Web: standort-dortmund.de/mitternachtsmission
Spendenkonto bei der Stadtsparkasse Dortmund
Konto: 151 003 168
BLZ: 440 501 99

Förderverein Frauen helfen Frauen e. V.
Postfach 500 234
44202 Dortmund
Notruf-Telefonnummer: 0231/80 00 81
Büro Tel.: 0231/7250570
E-Mail: frauen@frauenhaus-dortmund.de
Internet: www.frauenhaus-dortmund.de
Spendenkonto bei der Sparkasse Dortmund
Konto 211 010 908
BLZ 440 501 99

KOBER - eine Beratungsstelle für Frauen, die in der Prostitution tätig sind, tätig waren oder nicht mehr tätig sein wollen.
Sozialdienst katholischer Frauen e.V.
Münsterstraße 57
4145 Dortmund
Telefon: (0231) 86 10 85-0
E-Mail: kober@skf-dortmund.de
Homepage: www.kober-dortmund.beepworld.de
Spendenkonto bei der Stadtsparkasse Dortmund
Stichwort: KOBER
Konto 13 10 13 13 2
BLZ: 440 501 99

Frauenzentrum Huckarde 1980 e.V
Arthur-Beringer-Str. 42
44369 Dortmund
Telefon: (02 31) 39 11 22
E-Mail: c.kaiser@frauenzentrum-huckarde.de
Internet: www.frauenzentrum-huckarde.de
Spendenkonto bei der Bank für Sozialwirtschaft, Essen
Konto 7 209 900
BLZ 370 205 00

TABU e.V. – wir schützen kleine Wüstenblumen
Liebigstraße 5
D-44139 Dortmund
Telefon: (0) 231 / 12 31-09
E-Mail info@verein-tabu.de
Internet www.verein-tabu.de
Spendenkonto bei der Sparkasse Dortmund
Konto 211014164
BLZ 44050199

TERRE DES FEMMES e.V.
Städtegruppe Dortmund
T: 0231/47432949
M: 0151/25029585
dortmund@frauenrechte.de
Spendenkonto bei der SPK Dortmund
Konto: 422 089 551
BLZ: 440 501 99

Zur Autorin:

Heike Wulf brennt für die Literatur. Lesen und Schreiben ist für sie kein Hobby, sondern Leidenschaft. Sie moderiert diverse Lesebühnen, hat etliche Veröffentlichungen, ist Herausgeberin einer Ruhrpott-Anthologie, arbeitet als Redakteurin und ist Dozentin von Vortrags- und Schreibwerkstätten. Außerdem hat sie etliche Konzepte für Lesungen entwickelt.

2010 hat sie ihren Job als Chefsekretärin an den Nagel gehängt und widmet sich nun, mit ihrem Wort-Kunst-Raum, mit Leib und Seele nur noch der Welt der Literatur! www.wort-kunst-raum.de

Heike Wulf, wulfheike@yahoo.de T 0231-5310260